ブロンクスの風

―パスポートⅡ―

ジョナサン・マーシュ／著
水田浩とそのグループ／訳

『アパッチ砦ブロンクス』、『コンドルの三日間』をプロデュースし、『イヤー・オブ・ザ・ドラゴン』、『チャイナ・ガール』を立ち上げた、トーマス・フィロリロに捧ぐ

目次

※ 両親が熊本県出身であったアルベルト・フジモリ氏も、現地では「チーノ」という愛称で呼ばれ、ペルー共和国の大統領となった。

「ヘイ、チーノ！」 誰かがそう叫んだ。スペイン語圏に住んでいる東洋人のことらしい。

アプローチ

「気をつけろ。誰かの女に手を出すと決闘が待ってるぞ」

誰もいなくなった道に、強い日差しが陽炎のようにゆらゆらと地面を照らす。

The Worst Case Scenario

アメリカで最悪の事態! 法の裁きは? ~その1~

*____ の上に自分や友人の名前を当てはめて考えてください

________ attends a political rally. The rally turns ugly when the speaker begins advocating mass violence against the government. ________ punches the speaker (hoping to prevent a riot) and drags him from the scene. Is ________ Guilty or Not Guilty of Criminal Battery?

________は政治集会に出た。集会は一転して険悪な状態になり、弁論者は、政府に対する暴力もいとわないとアジり始めた。________は(暴動を避けようと)弁論者を殴り、彼を壇上から引きずり下ろした。________の殴打は犯罪として有罪か、無罪か?

Verdict: Not Guilty. A citizen may attempt to prevent a breach of the peace (like a riot) by the use of reasonable force.

判決:無罪。市民であれば、道理にかなった力を使うことで、平和を侵害する(暴動のような)状況を回避しようとすることもある。

　今年もまた、コロンブスの日がやってくる。マルコポーロは、東方見聞禄で中国側から海の彼方に日の登る国、あるいは黄金の豊かな島国を意識した。地球が丸いことを信じたコロンブスは、その反対側の海沿いから日本にアプローチする。しかしその行く手にはばかる大きなアメリカ大陸を予測できず、カリブ海の島に着いた時、そこをインド諸島の一部と思った。彼はそれを、豊かな港（プエルト・リコ）と呼び、そこに住む原住民をインディアンと俗称し、その先の大きな大陸はアメリカ大陸として彼の発見によるものとなった。

　以来ニューヨークでは、コロンブスの日になるとお祝いの祭りが行われ、マンハッタンの南側から上がってくるパレードは、コロンブスの銅像が立っている五十九ストリート、コロンバス・サークルで終わることになっている。ニューヨークから〇マイル、などという距離はこの銅像を起点に測るらしい。

　コロンバス・サークルのすぐ隣はセントラルパークだ。今日も観光客で賑わい、鳩達はパレードが近づいて太鼓の音が響くのも驚かずに群がる。観光客のばら撒く餌に引かれ、恐れもせず人間のまわりに集まってくる。

アイルランドとイタリア系が入っているマークは、その近くに車を停めた。自慢の真っ赤なコルベット、スポーツタイプのオープンカーにイタリアの旗をいっぱい飾り、通行人に愛想よく手を振ってすっかりイタリア人になりきっている。

「まったく市はケチだ。今日は祭日扱いで路肩駐車オッケーのはずが、パーキング・メーターに止めると金を取るなんて！」

そう呟くと腕時計を見た。傷だらけだが、本物のローレックス・ダイバーだ。どうも女にフラレたらしく、待ち合わせは失敗のようである。

「ちえっ、もう。車もポリ公に押しだされる」

グルッとあたりを見廻し、誰かいいコをデートに誘おうとしているイタリアの男は、女性には挨拶がわりに声をかけないと失礼にあたると信じているようである。

突然、歩道に群がるハトが一斉に飛び去った。南風に乗って荒々しい羽音をたて、一羽の鷲がコロンバスの像をかすめて北の方角に向かう。珍しそうにそれを見上げたマークの近くに、その羽のひとつが落ちてきた。彼は胸をトキめかせた。何か運命のいたずらのようだ。

「もっといい女に出会うかも知れない。これはインディアンのいう守りと自由のシルシだ」

それを胸の内ポケットに深くしまうと、鷲が飛び去った方向に車を走らせた。

「ブロンクスにでも行ってみよう」

ブロンクスに吹く風は、街を越え、山を越え、人種や国境を超え、自由に吹きまわる。やがて、世界のどこかでそれを待つ人々のところにもとどくだろう。


これはアメリカ人から見たひとりの日本人とその生き方を通して、人種間の違いや文化を見直し、百五十周年を迎える日米交流を深めるために書かれたストーリーである。

Jonathan Marsh

ブロンクスの風

パスポートII

Wind Through Bronx

水田浩とそのグループ

HLC-しんわ

サウス・ブロンクス

ここはダウンタウン、チャイナタウンの東隣。空耳だったのか、日本産の古いポピュラー・ソング、〃スキヤキ〃が聞こえたように思い、トシはちょっと立ち止まり、上を向いて歩こう、とつぶやいた。すると、イースト・リバーに近い道の歩道で、ある男に出くわした。彼は何か大きな袋詰めの荷物を旅行用キャリーに載せて運んでいた。カラブッカスと名乗るこの男、わりと年配でどこか体に悪いところでもあるのか軽くビッコをひいている。袋の中身は革製ジャケットや服などの商品だという。

「トシ村上です」

「ハジ　メマ　シテ」

たどたどしい英語で答えたトシに向かって、なんとその男は日本語を話した。さびついてはいるが何とかわかる日本語であった。実は日本びいきで、サウス・ブロンクスで道場をやっている。日本の武道に邁進しているとの事であった。これから仕事でマンハッタンのミッドタウンの会社を回り、生活費を稼ぐのだという。しかし、せっかく日本人に会ったので、それより武道の事を聞きたいと話しかけてきた。トシは全然興味がなかったので、英語の勉強はしたが日本の文化はあまり得意ではないと答えた。それに、あまりこの男と時間をつぶしたいとも思わなかった。

一見みすぼらしい風体。それにアメリカ人にも見えない。トシにとって何の利益になりそうとも思えない。だが、このニューヨークで現在まであまり知り合いもいない。今まで何の目的も見出せないまま、数ヶ月フラフラさまようが如く生きてきた。持ち合わせの金もそろそろ底をつき、何かアルバイトでもしないと、と今日も日本食レストランへ面接に行ってきたところである。しかし、採用される段階になるとどうもトシは見てくれが悪いらしく、いつも断られる。すっかり自信を失っていたところであった。選ぶのがいつも下町っぽい雰囲気の場所で、また、服装も普段着のまま仕事ができる所を探すためか、声を掛けられるのも不良のような奴ばかりであった。

それにくらべるとカラブッカスはずいぶん真面目に見える。真面目一筋に清く正しく。そういう生活感が身についている、と言えるだろうか。この近くの縫製工場で働く奥さんは、中国北部から身ひとつで移民してきたそうである。彼はそこで製造した服を行商し、またこの工場に寄って売上を戻し、奥さんと一緒にサウス・ブロンクスへ帰るらしい。つつましい生活が、この中年過ぎの男の体から滲み出ているようである。

「どうだい、たまには映画でも見ないかい。おごるよ」

カラブッカスは久しぶりに仕事休みでもするように、ズボンのポケットの奥底にしまってあった紙幣を取り出した。クシャクシャになったそのしわを伸ばしながら、

「忙しいのならよいが、見せたい映画があるんだ。これはワイフには内緒。たまには羽を伸ばさんとな」と笑い、トシを誘った。

グランド・ストリートはユダヤ人の貧しい人々が住んでいて、中には第二次大戦の引き上げ者もいるという話である。近くにエセックス・ストリートという道が交差しており、そこに『エセックス劇場』と大きく看板を出している建物があった。なんだか学校の校舎のようだが、それが映画館であった。

エンパイア・サン。太陽の帝国、という意味だろうか。監督はスティーブン・スピルバーグだ。一応有名だから多分、この映画も日本でも公開されるのだろう、とトシはぼんやり思いながら中へ入った。

館内は、まさに学校の講堂のようにただ安い椅子が並べられているだけで、前に大きな奴が座るとよく見えなくなる。でもたったの三ドルで二本立ては安い。

ストーリーは、悪い日本軍が中国で西洋人を奴隷に使い、最後はアメリカ軍がやって来て、その間、イギリス大使の子供が日本軍の少年特攻隊員と仲良くしたりしながら苦労して生き延びる話だった。トシは慌てて、自分が日本人とわかるとまずいような気になり、首をすくめて小さくなっていた。取りあえず一本目の映画が終わったとき、何かが起きたときに巻き込まれないようにと、トシはカラブッカスをうながして急いで映画館を離れたのである。

この話は多分、上海事変という、実際に起きた事柄をもとに映画化したのだろう。トシにとっては自分の生まれるずっと前の出来事で、もう世界中の人間が忘れてしまっているような事柄だ。それればかりでなく、まったく自分には関係ないことではないか、とちょっと気分を害していた。

その様子に気がついたのか、カラブッカスは道を歩きながら話し始めた。

「実際には、ユダヤ人たちはあの映画よりずっと日本人に親切にしてもらったんだ」

トシの気分を和らげるためなのだろうか。

「なぜユダヤ人が中国にいたかというと、ドイツを追われた彼らが、ロシアのユダヤ人をかくまうために日本が約束した満州国に行こうと集まったからだ。リトアニアで運良く杉原大使に助けられ、渡航パスポートにハンコを貰うことができたんだ。そして現在はアメリカに住んでいる」

そんな話を聞きながら、大きな荷物をガラガラところがして一緒に歩道を歩くと、戦争中はこん

EXIT

The Worst Case Scenario
アメリカで最悪の事態！ 法の裁きは？ ~その2~

*____ の上に自分や友人の名前を当てはめて考えてください

Harvey runs a Jewish Delicatessen. One day, ________ walks around Harvey's neighborhood shouting: "Harvey sells pork, the other white meat!" ________claims that everyone knew that he was "just kidding". Is ________ Guilty or Not Guilty of slander?

ハーヴィはユダヤのデリカテッセンを営んでいる。ある日、________はハーヴィの店の近所を歩き回って、「ハーヴィは(ユダヤ教で食べてはいけない)ポークやほかの白身の肉も売っているぞ！」と叫んだ。________は、「ただ、ふざけただけだ」と誰もが知っている、とクレームをつけた。________は中傷に対して罪になるか、ならないか?

Verdict: Guilty.
判決：罪になる

な感じだったのかもしれないと、想像できた。もしかしたら、カラブッカスはその時中国にいたのだろうか？　トシのパスポートはすでに有効期限を過ぎており、今となってはそれに関連することは考えたくもなかった。ただ映画を見て、焼きついていた記憶を思い出した。日本にいたとき、父親が気を利かせてよい英語が習えるようにと英語の家庭教師を捜してくれたのだ。月謝は父親と半々で出し、自分でもアルバイトをしながらアメリカに来るための用意はしたつもりである。

イギリス人のロイ・ガーナー先生は日本語もできるため、ついついトシは甘えてしまった。「トシさんは素質があるから英語はすごく上手くなれる。真剣に勉強すればよい」と、よく誉められた記憶がある。その英語は、この映画の主人公の少年が使っていたのと似ていた。少年はその後、苦労しながらそれぞれの現場に対応してだんだん英語の話し方が変わって行き、最後に米軍に助けられるときはアメリカ人そのものの英語になるのであった。

工場に戻ったカラブッカスは、シャーミンという奥さんをトシに紹介した。
「今日は全然売れなかったよ。だけど良い人に出会うことができたんだ。日本人の子だよ！」
トシは何か仕事の邪魔をして悪いような気がした。しかし、このシャーミンという奥さんの大変な喜びかたが尋常ではないのが、会話の端々にうかがわれる。もし生きていればトシと同じぐらいの男の子がいたらしい。またもう一つの驚きは、この人はまるで日本人といっても誰も疑わないような風貌であることだ。彼女の親戚は皆、中国の一番西にある新彊地区ウイグルに住んでいるといい、そこはアフガンの隣でシルクロードのもとのようなところだそうである。

何か頭に霞がかかったような気持ちになったトシ。そのあたりの砂漠では、遥か彼方にまるで夢の望みでも見るように蜃気楼が出るという。そんな環境で培ったシャーミンの生活観に影響されたゆえか、いつの間にか、トシも同じように偶然の出会いによる錯覚の世界に入りこんでしまったようだ。

トシにはこれといって強く主張する人生観があるわけでもない。特に危険なのは、知らない土地で何かを探し、何を得るべきかもまだ判らない状態なのだ。今までどこにも所在できず、ましては一体自分は何を学べば良いのか何をすれば良いか分からない。まるでニューヨークの魔力に取り憑かれたように都会の砂漠をさまよい、良い友人もできぬまま、日本にいる家族との連絡も途絶えていたトシであった。そして誘われるまま、この家族とともにサウス・ブロンクスへ行くことにしたのであった。

蜃気楼の朝

　トシの歓迎会は大々的に行われた。近所の人々でいっぱいになったアパートは夜遅くまで音楽が鳴り響き、大騒ぎである。ちょうど夏が始まる時期のせいか窓を開け放し、おまけに外では道端でダンスする人々もいて、その連中までもが訪ねてくるのであった。

　皆、〝サルベッサ！〟とスペイン語で陽気に叫んでいる。トシにはサラブレーション、お祝い、というふうに聞こえ、まるで世の中すべての人々が自分を歓迎してくれているようで、幸せな気分になった。ここにきて良かった。なんだかいっぺんに友達と家族ができたようだ。アミーゴと呼んでいるのも聞こえてくる。スペイン語で友達という意味だ。後でわかったことだが、サルベッサとはビールのことを言うらしい。

「ヘイ、チーノ！」

　誰かがそう呼んだ。スペイン語圏に住んでいる東洋人のことらしい。もともとの言葉の起こりは、昔カルフォルニア州あたりで、中国系の連中が、道端でオレンジを売っていたところからつ

The Worst Case Scenario

アメリカで最悪の事態！ 法の裁きは？ ~その3~

*____ の上に自分や友人の名前を当てはめて考えてください

________, lives in and holds title to a beach home. ________'s neighbor Otto has disputed the title, while ________ is a way, Otto moves in. When ________ gets back, ________ throw Otto out .... using reasonable force. Otto suffers bumps and bruises. Is ________ Guilty or Not Guilty of Assault?

________は、海岸沿いの家に所有権を持って住んでいる。________の隣人オットーは________がいないあいだにその所有権を抹消し、移り住んだ。________が戻ってきたとき、________はオットーを放り出した ·····妥当な力腕を使って。オットーは打撲傷と青アザに苦しんだ。________は暴行罪に対して有罪か、無罪か。

Verdict: Not Guilty. A person in possession of real property may defend the property from others.

判決：無罪。不動産を所有している人は、他人から自分の所有物件を守ってもよい。

いた総称らしい。多分、大西洋のアメリカに近いキューバ、ドミニカ、プエルトリコなどカリブ海に浮かぶ島々やペルー、ベネズエラ、アルゼンチンなど南アメリカから出稼ぎにきていた連中だったのだろう。でも、そんなことはどうでもよい。皆どこかいいかげんな連中で、使っている言葉もいろいろ混ざっている。これがこうでなくてはならないということは、かえって事を難しくするので嫌われ、存続できないようである。

何かとんでもなく単純で、それでいて幸せな連中のようである。

プエルトリカンの母親がたくさん子供を連れてやってきた。一人一人全然違う顔をしている。

「お母さんはファクタリー工場なの」と、彼女は太った体を揺すって笑いながら答えた。何でもいろいろ人種が混ざっているため、おじいさんおばあさんの時代の影響が孫に現れるのだと言う。

「ときどき白人のような金髪で青い目の子供が生まれるのよ」と、ひとりの子のカールしたちぢれっ毛の金髪をなでた。へーっと感心したように聞き入っているトシの顔を覗き込むようにしながら、

「綺麗な髪の毛、目の色もいいわ。羨ましくなる」と、彼女は言った。もしかしたらシャーミンの隠し子とでも勘違いしているのだろうか？

それにしてもトシは知らなかったが、映画やテレビで見る俳優は特別選ばれているのとメイク

アップのプロが施す技術で整って見える。でも、実際の顔は意外と目立たないようだ。まして今までトシが住んでいた場所は、そういった世界とは程遠い。言われてよく見ると、実にこの辺の住人は映画やテレビ以上に少しづつ目の色や髪の毛も違い、それをまた逆に誇らしく言うようである。トシの場合はさしずめ、日本を特別に強調すればいいのかもしれない。

彼らの主張によれば、アメリカ、特にニューヨークは皆自分の血を誇り、アメリカ人である前にアイルランド系、ロシア系、イタリア系、スペイン系、ユダヤ系・・・であり、それが限りなく混ざって行く。それで、自分は何々系だと言うのだそうである。

ニューヨークに住んでいるプエルトリカンは、ここではニューヨリカンと呼ばれるそうだ。なにかと問題の多い人種である。

また誰かが冗談のようにトシに耳打ちした。

「さっきのお母さんと子供だけど、ああいうのをミルク屋の子と言うんだ。昔、牛乳は配達されるものと相場が決まっていた頃、それらをアイリッシュの男がやっていたからだよ。それでああいうのが生まれたんだ！」

よく分かりにくい話である。もっとも、最近の事情はちょっと違う。

プエルトリカンの女の子がマンハッタンへ遊びに行って午前様になると、ちょっとしたテクニックを使ってタクシーを拾う。サウス・ブロンクスは危ない地域なので、怖がる運ちゃんに特別のごほうびを約束して家まで送って貰うのだ。そして色々な人種の子供を造り続けるのでこれを工場と呼び、人間を造るのでこれをお母さんと呼ぶ。その子たちを集めてスリやどろぼうをやらせているという。信じられない話である。

皆かなり酔っているのと、英語が聞き取りにくく、おまけにスペイン語まで混ざっているので話がブツ切れになっている。しかもトシの返事を待たずに、ほかの男がまたチャチャを入れる。トシの日本の観点から見ると、気の短いヤツらがやけに張り合っているように思える。

「俺たちは敬謙なるカソリック。十字を切るときはいつも、神様、私の左の手を使わず、右の手も使わず、頭も使わずごはんが食べられますように、とお願いするんだ」

そして誇らしげにつけ加える。

「俺たちは、仲間を助けるためにはキリストの十字架からその手足に打ってある釘だって盗むぞ」

そういう状況で呑み続け、気がつくと東の空が白んでいた。

ニューヨーク市はまわりに高い山がないせいか、海から太陽が直接、町を照らす。いつのまにか静かになり、トシのベッドには強い日差しがカーテンもない窓から差し込んだ。目を覚まして気がつくと、その部屋に昨夜の男たちが三人ぐらい、ビール瓶を枕に酔いつぶれている。

「今、何時だろう？　あれ？　ここは・・・。そうだ、ブロンクスにいるんだ」

ふと起き上がったトシはシャワーでも浴びようと着替えを捜した。

「あれっ？　カバンがない。どうしたんだろう？」

カラブッカスはもう起きていて、キッチンでシャーミンの作ったランチを食べていた。

「僕の荷物、どこかへ片づけましたか？」とトシは話しかけた。それを聞いた途端、彼はものも言わずに立ち上がってトシのベットルームに行き、何事か話してきた。

「カフェ・コン・レッチェ！」

ベッドルームで寝ていた三人が突然と叫びながら飛び出してきた。トシは何が起きたのか判らないまま、コーヒーを飲んだ皆と一緒に急いで外に飛び出した。

「コーニョ！　マリコン！」

意味は知らなくても明らかに罵詈雑言とわかる言葉を吐きながら、三人はトシを残してどこかへ走りさった。

「誰か間違えてカバンを持ち帰ったのかもしれない。もう一度部屋の中を探してみよう」

誰もいなくなった道に、強い日差しが陽炎のようにゆらゆらと地面を照らす。トシはまるで蜃気楼でも見たような気持ちになった。

The Worst Case Scenario

アメリカで最悪の事態! 法の裁きは? ~その4~

*____の上に自分や友人の名前を当てはめて考えてください

________ found a battered old suitcase filled with money. The next day, ________ saw a story on TV identifying the man who lost this suitcase. ________ decided that "finders are keepers" and spent the money. Is ________ Guilty or Not Guilty of theft?

________は、乱打された古いスーツケースいっぱいに紙幣が詰まっているのを見つけた。翌日、________は、このスーツケースをなくした人がテレビで報道されているのを見た。________は、「見つけた人がもらっていい」と決め、お金を使った。________は窃盗に対して有罪か、無罪か?

Verdict: Guilty. Once ________ knew who the owner was, ________ should have returned the money.

判決:有罪。いったん持ち主が分かったからには、お金は返却すべきである。

リカン・コネクション

トシのカバンが見つかったのはそれから数日たっての事であった。それは外側だけで、中身はどこかへいってしまったらしい。運悪く、やっと手に入れたパスポートをまたなくした恰好になってしまった。既に期限が切れているとはいうものの、一度失くして苦労の末に再発行まで漕ぎ着けたパスポートだったのだ。トシはなんだか自分がどこかへ向かってどんどん落ちて行くような気がした。考えてみれば、日本にいたときは自分がいる環境の中のどこかで線を引き、生活レベルがその線まで落ちたとしても、それは許せる範囲の限界であった。一時的に留まるどん底。今、自分は底をついたのだ。しかし何が不安なのは見えない。底なしの世界が自分を待っているように益々膨らんでいき、日本領事館や父親や日本の友人達に連絡するエネルギーがどうしても出てこないのである。どうも悪循環にはまると否定的な考えになる。自分を強くしなければ守れない。カラブッカスさんに迷惑を掛けても悪いし、と思いながらも相談した。

「どうしよう?」

「何をしたいのか？」と答えが返ってくる。

「何をすればよいか判らない。でも迷惑をかけたくない」と、トシ。

「別に平気だ。何でも聞いてくれ」と、答えるカラブッカス。

「何か強くならなければ」

そう言いながら、なんと抽象的な言い方なんだろうと自分に苦笑した。

(トシ、はっきりしろ。遠慮せず、もっと直接言えよ)

心の中で自分に向かって叫ぶ。

「まあまあ、取りあえず・・・」と、シャーミンがトシに合う誰かの服を用意してくれた。

「いつもすみません。日本語が基本になるせいか上手く表現できない・・・」

ありがとうと言うより、こんな時はこう言うんで、と言いわけしながらトシは思う。(日本なら、
さしずめ馬子にも衣装か。形から入る文化なんだ)

「トシ、ぴったりよ。似合う、似合う。もうここで生まれた子みたい」

シャーミンにそう誉められると、まんざら悪い気はしない。

「元気になるために、空手を教えよう」とカラブッカス。

「あら、私がカンフーを教える。白眉流陳家太極拳の本家よ」とシャーミン。どうやら武道一家

のようである。

「その前にひとつだけ約束してほしいことがある。それを喧嘩に使わないこと」

二人は真剣な顔で、トシに言い含めるように説得した。

(ああ、こういうことは日本の空手の先生がよく言う教育方針と同じなんだ)

トシは、自分のことを考えてくれる人がいるのがただ嬉しかった。それがどういう意味の忠告なのかは、その時点のトシにはわかっていなかった。


その日から、トシは近くにある道場に住むことになった。なんだか本格的に武道をやるような雰囲気である。

いや武道が生活になり、生活が武道になるのか?

日本だと仕事のあとに趣味でやる。大会に出るため合宿する。

よくわからないが、突然、運が向いてきたのかもしれない。普通は住み込むとしても家賃と月謝、それから生活費のためにやる仕事など、考えることが山ほどある。

それにしてもちょっと疑問なのは、カラブッカス先生はスパニッシュでもないのに、なぜこんなところに住んでいるのだろうか?　奥さんも、チャイナタウンで働いて、なぜ違う人種のところにいるのか。トシにとっては理解できないことが多い。まあ、いずれにしても家賃が安いのにこんなに広いアパートはここしかない。それは誰もが知っているらしい。しかし、こうしていつの間にか考え事をしながら歩いていると、どうしても自分の足元に目がいってしまう。ときどきカラブッカス先生に促されて姿勢を正すが、いつもうなだれて歩いているのだろうか。

ハッと我に返った。気がつくと、道場のビルの前でカラブッカス先生と一緒にいるところへ、トシを見た他のグループが大声で叫びながらやってくる。

「ヘイ！　チーノ！」

まるで昔から知っているような雰囲気である。

「リカン・コネクションだ」

いったい誰で、どこで会ったのだろうとトシが思う前に、先生はそう言い切った。その強い言葉尻は、今までトシの知っている優しいカラブッカスが、急に強い先生に変身したようだった。いったい何が起きようとしているのか、トシはちょっと怖くなった。思わず、集まってくる人相の悪い男たちから目をそらし、先生の顔色をうかがった。しかし、先生は全然平気の平左だ。少し自信を取り戻したトシは、考えを変えて、堂々とした態度を見せようとした。

（タフな場所で生きるためには、これも必要な構えのようだ）

そう思ってトシがまわりを見渡すと、赤や黄色の原色に彩られた看板がやけに目についた。殺風景な景色と汚れたビル。曲がった道路標識。そしてその上にスプレーでイタズラ書きがあり、よく覚えていないともう二度と戻ってこられないような気がした。

トシの様子をみて何を感じたのか、先生はつぶやくようにいった。

「ここら辺は噂が一人歩きする。弱いとわかったらこのビルも落書きでいっぱいになる。勝った負けたのニュースが新聞より早く、業界全体に伝わるのだ」

そう言われて、もう一度ビルを見回したトシは、改めて気づいた。

（そう言えば、このビルだけは落書きがない。これを目当てにくれば迷わずにすむ）と、トシは心に留めた。

プエルトリカンでニューヨークに住んでいる奴は、俗にニューヨークリカン、ニューヨリカン、ポロリカン、リカンなどと呼ばれる。彼らにこれと言って正式な規定があるわけではない。いつも群れをなしているため、総称でリカンと言えるのかも知れないが、中にはドミニカ共和国から来て、キューバあるいはニカラグア、メキシコなどと混ざっている奴もいる。一般の人々は、それらをゴキブリやネズミ、ハイエナに例えたりする。しかし、実はオオカミのように、一見二〜

三人に見えても必ずその近くに大勢群れをなしているのが彼らである。

「オオカミの見張りがやってきた」カラブッカス先生がつぶやいた。まわりを確認すると、そう言えば道の角々になんの仕事もしないで昼間からビールを飲んでいる男たちがうろうろ立っている。それは鈍いトシでも、なにか獲物を狙っているんだとわかるほどだった。今まではボーッとしていたので気づかなかっただけなのだ。

先生がいつも運んでいる袋から空手道具のような物を取り出すと、やって来た連中はそれを待っていたように集まってきた。いきなり道端で商売が始まった。

「ヌンチャクをくれ」

「トンファーが欲しい」

「サイはあるか？　忍者のをくれ」

などと言いながら、ポケットから輪ゴムでとめた二十ドル札を出す。

「中を開いて見せろ。新聞紙の札束は好きじゃない」

先生は袋をトシに預け、金を数えている。袋の中を覗いたトシは、思わず顔色が変わった。そこにはいろいろな武器が入っており、ショットガンと思える物まで入っている。

「お客の商品も守らんとならん」と言って、先生はそのさえない顔に薄笑いを浮かべた。

「ロコ！　グリンゴ！」

男たちは自分の頭に人差し指をつけるポーズをとってみせた。キチガイ、という意味を示したかったらしい。そして、道を挟んだ反対側のビルを指差した。よく見るとその窓からライフル銃の先が突き出している。カラブッカスの友人がもしもの時に備えて銃で守っているらしい。

「シスコたちがいるから安全だ」と言う先生。その男は先生の子分なのか、シスコと言うのだろう。一方リカンたちは、もう長い付き合いなんだから信用しろよと言いたげだ。行き過ぎたやり方に見えるのだろう。〝ロコ・グリンゴ〟とは、どうも〝キチガイ白人〟という意味だったらしい。

道場のあるビルの中は意外と広く、ガランとしている。練習場は二階にあり、普通の住人用入口からエレベーターで上がることができる。しかし、この壊れた入口はもともと店だったのか、ここから二階に続く階段は曲がりくねり、上がるだけでトレーニングになる。窓は壊れて板ばりになり、壁も壊れており、トシは戦地でキャンプでも始めるような気持ちに襲われた。取りあえず寝袋生活を強いられるわけだ。そしてまた驚いた事には、壁には日本でいうピンナップ写真とでも言われるような、オンナの裸や水着姿の写真などが貼ってあった。武道には全然関係ないと

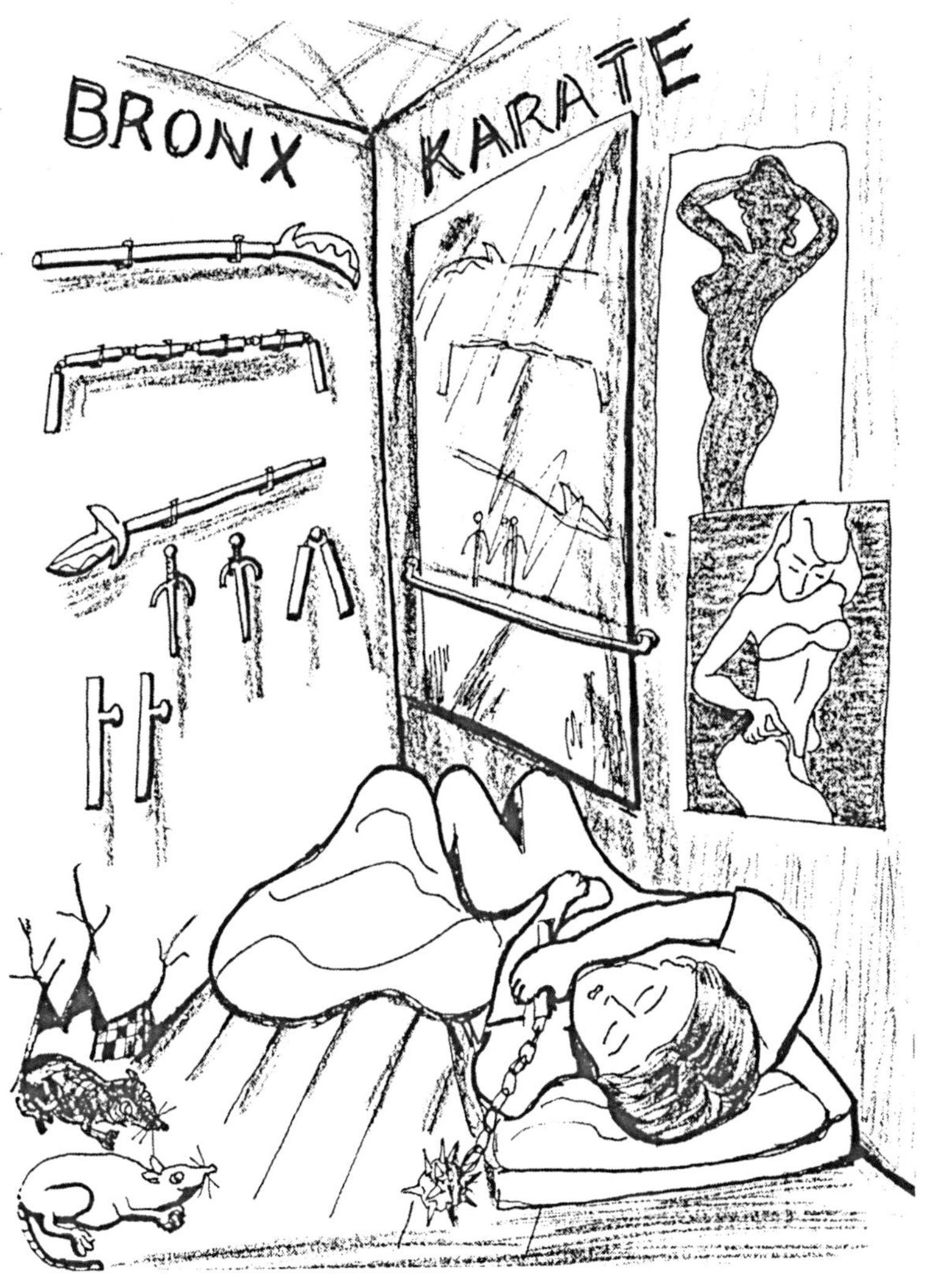
BRONX
KARATE

The Worst Case Scenario

アメリカで最悪の事態! 法の裁きは? ~その5~

*____ の上に自分や友人の名前を当てはめて考えてください

Jill leases an apartment from ________, who has forgotten to inspect the apartment before renting it. The previous tenant had no problems with the apartment. A few month later, during a dinner party, a faulty sewage pipe in walls bursts, running many of Jill's possessions.
Has ________ Breached the Implied Warranty of Habitability? If you think so, find the Plaintiff. Otherwise, find the Defendant.

ジルは、________からアパートを借りたが、この人は貸す前にアパートを検査することを忘れた。前の間借り人は、アパートに関して何の問題もなかった。数か月後、ディナー・パーティーの最中に、壁の中を走っている不完全な下水管が破裂し、ジルの所有物の多くが水に浸かった。
________は、居住性に当然含まれる保証に違反したか? そう思う場合は原告に、そうでなければ被告に票決を下されたし。

Verdict: For the Plaintiff. A landlord is liable for property defects even if he doesn't know of them, but should or could have.

判決:原告に有利となる。大家は、もし知らなかったとしても知っているべきだったとしても、建物の欠陥に対して責任がある。

思われる雰囲気になっている。反対側の壁には、あらゆる武器と言えそうな中国古代の代物、どこから見ても偽物とわかる日本の武道用品が貼りつけられ、その隣に大きな鏡が配置されている。一種異様な所である。

集まっている生徒達がまた、日本で見るような稽古着を着ているわけではなく、普通に外を歩く格好のままである。カラブッカス先生は懐からナイフを取り出し、それを生徒の鼻先に付きつける。びっくりした生徒は後ずさりし、それでも平気な生徒には次の技を教える。見学している生徒に聞いたところ、先生は現在日本の武道を習っているので、多分日本まがいの物なのだろうと言う。これって大丈夫なんだろうか？　何だかトシは頭が混乱した。日本と比べるとずいぶん無責任で、キッチリした教え方でもない。しかし他の生徒は先生を褒めたたえる。

「やっぱりロシア仕込みの殺人技は凄い。ＫＧＢもいつも練習しているんだろうか？」などと言う。

トシには自分の考えられる限界を超えた思いのみが残った。これはもう、彼らの会話をまともに聞くのをやめ、ただ、自分の番が来たときナイフをどのようにかわせるか、精神集中するだけだと思った。同時に、常に心の安定とでも言うか、平常心を要求された気がした。

「ただ逃げるな。かわした直後に反撃するために、紙一重の距離を測れ」

先生はまず距離の事を教えてくれた。次の瞬間、トシの思いは空中に切り刻まれた。自分の鼻先とナイフの切っ先が無限の時間を創出したように動きを止めた。その時から、トシにとってそれまで幻覚のように見えたあらゆる物が、距離をとってまわりに存在し始めたのである。

有るものと、無いものと

トシは、ふと以前つきあいのあった日本人のことを思い出していた。それは今のトシと同じで、自分でも判らないうちに他民族の中にすっぽり入って生活していた人間である。

その人の場合は、京都で着物の服地のデザインをしていた。聞くからに線の細い人となりである。そういう業界は、アメリカで仕事として入るには難しいと言われ、彼は取りあえず日本食レストランでアルバイトをしていた。そのうち、いつの間にか人生の方向が変わり、奥さんとなるべき人との出会い、そして結婚、彼女の出産と続き、いつの間にか生活のため、確実な将来を築くため、夜は会計士の資格を取るために学校へ通い、苦労の果てにようやく安定した生活が得られるようになった。

普通と違っていたのは、彼の奥さんは美人で、そして日本人ではなかったことだ。傍目から見ると苦労もなく成功する模範のようであった。始めは共稼ぎであったが、あまりにも男たちが彼女に声をかけてくるのに耐え切れず、仕事をやめさせ、家事に専従させた。それでも心配で、一時間おきに家に電話して確かめる毎日だった。

月日が経ち、子供たちも元気に育って一人は高校生、もう一人は中学生になった。この男の子たちには空手を習わせ、弱い自分の代わりに夢を託した感じがする。そして奥さんはずいぶん太ってしまい、もう誰も声をかけようとはしなかった。夫婦円満、家内安全の見本のような家族となった。

ところがある日突然、スパニッシュの男が訪ねてきた。曰く、奥さんとデートしたい。そのため、堂々と彼に決闘を申し込んだのである。もちろん、ウエストサイド物語のように〝モノ・イ・モノ〟、つまり一対一の対決、ナイフで相手を倒すという意味である。あの物語はまさに、ニューヨーク先住組であるイタリアンとプエルトリカンの決闘であった。そんな馬鹿げたこと、と彼は拒絶し、当たり前のように答えた。

「ふざけるな！　警察を呼ぶぞ」

ニューヨークでは警察官は伝統的にアイリッシュである。しかし、彼を驚かせたのは意外や意外、自分自身の家族だった。

「あなた、私を愛してるなら闘って！」とワイフ。

「いや、ふたりともせっかくカラテを習っているんだ、みんなで戦って男を追い出すんだ」

The Worst Case Scenario

アメリカで最悪の事態！ 法の裁きは？ ~その6~

*____ の上に自分や友人の名前を当てはめて考えてください

________ is really mad at Louise so ________ tells her new lover that Louise has leprosy. Louise is, in fact, quite healthy. Is ________ Guilty or Not Guilty of Slander?

________はルィーズにひどく怒っている。それで________は、ルィーズの新しい恋人に、彼女はハンセン病であると伝えた。実際には、ルィーズは極めて健康である。________は中傷に対して有罪か、無罪か？

Verdict: Guilty. Special damages require proof except where the slander involves a "foul and loathsome" disease.

判決：有罪。特別な損害においては、中傷が「不潔な忌み嫌われる」疾病を含んでいるところの証明を求められる。

From the tribulation cards of the Judge'n July game. Judge'n Jury is a registered trademark of Winning Moves, Inc. Danvers, MA 01923. Used with permission.

そう主張した彼だったが、子供たちは答えた。

「お父さん、今こそ自分を見せるときだ」

「おい、冗談はよせ」

まるで人の家に土足で上がるような家宅侵入罪だと、彼は法律に訴えた。そして警察に連絡を取り、不埒な男が家のまわりをうろうろするからと逮捕してもらった。

その結果として信じられない事が起こったのである。結末から言うと家族は散り散りになった。それを見た日本人の友人たちは大笑いだった。話を酒のつまみに、自分がいい女を奥さんやガールフレンドに出来ないため、「ざまあみろ」という感じであった。

今まで出会った日本人社会の人々は、アメリカに来たばかりのトシに忠告するように、〝出る杭は打たれる〟と言っていた。それをトシは頭の後ろで聞いていたようだ。実感がなかったのか。まだ経験に至っていなかったのか。それは、日本人ではない人種の社会にだんだん混ざり込んでいくトシにもいずれやってくる運命なのか。

「それがどうした。自分にはあまり関係のない事だ」とトシは一笑にふした。誰かが作ったのかもしれない笑い話として受け止めた。現在のところ、そうとしか思えないのであった。

しかし、この話は回りまわって、ブロンクスの住人たちには尾ひれ背びれ、胸びれまでついて伝わってきた。もちろん、日本人とスパニッシュの家族はめずらしかったため、人々の噂に乗りやすいこともあったのだろう。何も判らないトシに比べ、どこか自信に満ちたカラブッカス先生は説明した。

「それはまずい。空手の先生が負けたのと同じ事になる」

「何でそうなるのか」と、不服そうにトシは尋ねた。

「皆、貧乏なのと、家族中心の生活なので、主にお父さんが子供に教えるのが武道という事となっているようだ」先生は、トシの顔を見ながら続ける。

「だがここでは、日本の空手の先生はビジネスだ。主に日本の本部にお金を送る使命があり、少しでも評判が落ちると困る。それで誰かに挑戦された時はまず断り、それがうまく行かないときは、まるで傭兵を雇うように私に連絡がくるのだ」

フン、とトシは思った。

(また、先生もまわりの皆の影響か。すぐに強がりを言う)

そう考えながら、いつもビッコをひいている方の足を見た。

(だいたい、日本〃まがい〃の空手をやる人が強いはずないじゃないか)

あまり感動しないトシの様子に気づいたように、カラブッカス先生は言った。

「いやぁ、これはもしもの時のために持っているんだ」

そして、左足のズボンの裾をまくって見せた。義足にも見える。骨と皮の横にほとんど武器のような、なにか特別製のふくらはぎがあった。

(何だろう。銃か、ナイフ?)

トシはそう思ったが、どうも俗に言う傷痍軍人らしい。

「レントが安いと言うだけの理由で、危ない所に住まわせられて子供を抱えているワイフなら、家庭を守るために自分の主人は空手の達人だ、と嘘の宣伝をしたっておかしくない話だし」と、カラブッカス先生は話し続ける。

「トシ、考えても見ろ。たいだい、日本の空手マスターが負けたとなったら、その噂が広まって、君たちの安全は無いも同然だ。今のところ、東洋人を見ると皆空手の達人だと思っている節があるから、誰もあまり手を出さんが」

今はその伝説も崩れつつあるらしい。

「水と安全がタダだと思っているわけではないが」とトシは応えた。ニューヨークの中心部と違って、ここサウス・ブロンクスにはそれがない。この地域は別なのだ。

「そのかわり、強がりとも見えるプライドがある」

一体その自信がどこから来るのか、トシは考えたこともなかった。日本人が和の精神と呼び、家族がひとつになり、会社がひとつになり、お互いに支え会うという理想もここにはない。だからといって、弱いものが力を合わせて生きるということでもない。トシの思考の限界を破るように、カラブッカス先生が言った。

「話は横道にそれるが、もともと中国には五拳というものがあり、熊、猿、虎、鶴、龍、と呼ばれてそれぞれの達人が山に住み、そこへ弟子になりたいものが訪ねたらしい。そこからいろいろな流派が生まれた。もちろん日本の空手も当時の琉球、沖縄で発祥し、カンフーの影響を受けている」

ますます謎のような発言。ここの住民は教育もないといわれている。その行動はその血の所以ともいう。

(でも教育的に言うと、先生はその性格も武道によって変わるとでもいうんだろうか?)

とにかくトシは現在、思考停止に陥っている。いずれにしても自分には直接関係のない出来事であり、考える必要のないものは悩む必要なし、とビルの外へ出たトシは、昨日まで鳴り響いていた音楽がないのに気がついた。

「そうか！　今日は日曜日の朝だ。いつの間にか一週間過ぎてしまった」

暑い日差しがトシの頭を焦がすように注いでいる。

「ここの連中はひとりでに髪がパーマになるのか？　大きなラジカセを持ち込んでシャワーを浴びる奴らもまだ寝ているのか」

ブロンクスの太陽の下、朝のトシの頭には、考える価値を持たないようなことが浮かんでは消えた。

　そう言えば、誰かが不動産屋に騙されて、安くて静かな所を借りたら、その日は休日で悪い奴らもまだ眠っていたらしい。次の日からは眠れなくて困ったという話があった。それはここら辺のことかもしれないと思った。今、そんな場所のど真中にいても、トシには実感として感じられない。誰も歩いていない町角は、朝日の中でまるで別世界のように輝いている。

「台風の目というか、やけに静かだ」

このひとときが人生最高の気分のように思え、トシは殺伐としたブロンクスの道にじっと立ち続ける。平和という言葉は、このことを指すのだろうか。しかし、それは仮にあるものと、いつも得ることがないものであった。

悪夢

武道と称する練習は日々厳しくなった。コンクリートの床にげんこつで腕立て伏せを百回やり、げんこつの皮が硬くなると、今度はコンクリートの壁を叩く。横で見ている生徒が言う。

「そんなものはナイフにやられる」

他のヤツは、強い体を主張したがり、

「でもげんこつを見せるだけでも効果ありだぜ。俺なんか、オンナに見せるために重量あげをやっているんだ」と筋肉を見せた。それを受けたようにまわりの奴らが口々に言う。

「俺なんか、鉄で作ったヌンチャクを使っている」

知ったかぶりで相手に恐怖感を与えようと必死のようだ。

「俺なんかギャングの連中とつきあっている」

お互いの強がりがエスカレートして、だんだん大口の叩き合いになっていく。

何でも、ブルース・リーは出演した最初の映画『グリーン・ホーネット』の中で〝加藤〟という日本人役をやり、それが空手の達人だった事がキッカケで、ハリウッドで売りだすことになったらしい。彼自身は中国の誇りがあってか、日本が好きでないらしい。しかしここではあらゆる人種の文化が入り混じり、作家たちは実際何が起こったかを知らないまま、自信なさ気にストーリーを出すようだ。それは、上流階級のみに知られて歴史に残った事実だということらしい。だから、昔、ルーズベルト大統領の健康管理役に〃加藤〃のような日本人の柔道家がいたのはアメリカでは有名な話である。しかし、こんなブロンクスで何が起こっているかは誰も知る由もないのである。

〃加藤〃から名前を取ったギャング、〃ケイドウ(Kato)・ヌンチャク〃というグループは、サウス・ブロンクスとダウンタウンのアルファベット・シティに強大な勢力を持っている。マーシャルアーツ(武道)の格闘技とあらゆる不思議な武器を使うためである。彼らはプエルトリカンのオールド・タイマーだ。しかし最近、〃クルー〃というヒスパニックのグループが、〃ボーン・トゥ・キル〃通称ＢＴＫと呼ばれるギャングと抗争を繰り返している。この〃生まれながらの殺し屋〃と言う意味のギャングはベトナムやタイ人が主なメンバーでキック・ボクシングを使うため、エスカレートした喧嘩は銃撃戦にまで及んでいた。

俗に呼ぶアンダーグラウンドで、新旧の勢力が入り乱れる。これが喧嘩の縮図だ。しかしその抗争が続き、社会問題として表面化し始めたのである。

ダウンタウンのイースト・サイドにあるアベニューA、B、C、D、そしてE（イースト・リバー）に至る地域は俗にアルファベット・シティと呼ばれ、危険地域のひとつに数えられる。六ストリートを境に、この地域は二つのテリトリーに分けられる。ホームレスやヒッピーの権利地トンプキンズ・スクエア・パーク側を、ハーレーに乗っている白人のオートバイ・ギャング、ヘルズ・エンジェルが支配する。その反対側、六、五、四、三、二、一ストリートをスパニッシュ・ギャングが握り、互いに抗争する。その南のデランシー・ストリートあたりまでをBTKが、そしてさらに南のチャイナタウンまでをイタリアンが支配する。チャイナタウン内は、ゴースト・シャドー、ホワイト・ドラゴンなどさまざまなストリート・ギャングが動きまわる。

もちろん、トシはそんなことを知るはずもなく、道場に出入りする連中と友人関係を強めていった。

「シーッ。先生が来たぞ」と、生徒たちは急いで武器を隠した。

「何かマズい事でもあるんだろうか？　先生だっていろいろな武器を持ち歩いているのに？」

トシは開き直った態度である。そういういきさつを知ってか知らずか、カラブッカス先生は次の宿題を出した。

「今度は蹴りをやるので裸足になるぞ。百回ずつコンクリートを蹴る」

そのあと今度は、生徒に、前足を深く折って後ろ足を伸ばした〝前屈立ち〟という立ち方をさせ、先生が足で鼻先とみぞおち、つまり腹の真中を蹴るのだった。ときどき足が鼻に紙一重で当たり、ひどいときは腹が蹴られて息が止まりそうになった。それから〝騎馬立ち〟と言い、馬に乗る形となって水をなみなみとついだバケツを持ち、ずっと立たせられる。ときどきバランスが崩れて水がこぼれた。

まるでオリンピックでも目指すかのような特訓で練習はさらに厳しくなり、生徒は誰も来なくなった。先生は人生の敗残者になったかのように文句が多くなり、まるで皆がスペイン語で言うロコ・グリンゴ、〝キチガイ白人〟という言葉がピッタリであった。武道に人生を入れ込み過ぎたのだ。あまりのひどさが噂になり、道場は当分休みを取ることになった。急激にやり過ぎて、すべてが失敗したのだ。

ガックリきて誰もいない道場で眠っているトシは、悪夢に苛まされた。

日本にはじゃぱゆきさんという話がある。貧しいフィリピンの家族が全財産を娘につぎ込み、良い教育をつけ、その後日本へ出稼ぎに行かせるという。日本で二号さんになり、金を本国へ送金するという話である。それと同じように、彼らがトシのために全財産をつぎ込むように思えた。それはいやな事だ。しかも、今までも生活が苦しかったのに、それにも増してシャーミンは安い賃金で夜なべで縫い物をして働き、体も壊し気味である。トシに会う暇も全然ない。あの後、気分を壊した先生は飲んだくれて家にも戻らず、もちろんトシの食事はない。道場に篭ったまま、自然断食のようになっている。

ひどいことになった。一瞬、天国のように思えた生活が、まるで地獄に堕ちていくようだ。いや、既に堕ちてしまったのか。頭の中で、さまざまなトシがさまざまなことを言う。

「先生を殴り倒してどこかへ行こう」

「でもシャーミンに悪い気がする」

「それは自分の責任ではない」

「なんだか彼らが勘違いしている」

「誰かが、俺が先生の子供の生まれ変わりだとも言った」

「一応、その夢を壊さないように手伝ったつもりだが」

「でもそんな事は俺に関係ない」

「いかにも気が弱いせいか、知らない人に親切にされて情にほだされたんだ」

「どこかへ消えてしまおう」

「このまま死んでしまおう」

異常な精神状態が眠れない夜を作り、気がつくと幻覚の敵と空手の戦いをしている。

「俺はキチガイになった空気と戦っている」

「いや自分と戦っている」

「恐怖が悪魔のように自分を攻める」

「亡霊と喧嘩している」……

いきなり、ドンドンとドアを叩く音で我に返った。生徒のひとりが友達を連れてやって来た。

「オイ、差し入れだ！　一杯やろう」

「どうした、病気か？」

「意気地がなくて、飯も食えない」トシは弱々しく答えた。

「とんだぼっちゃんだ。もし誰も飯をくれなかったらそのまま待っているのか？　何にも出来ないのかよ」

「考えてみたら、アメリカに来てから自分で生活した事がない。いつも誰かに助けてもらっていた」とトシは正直に答え、弱々しく笑った。なんだか自分が情けなくなった。

「とんだプリンスだ」と生徒。

「でも私は好き。私のプリンスになる?」と言ったのは一緒に来ていた女の子である。

やって来たのは先生の戦友でベトナム戦争後、傭兵となっているマークと言う男。それとケイドウ・ヌンチャクのボス、ゴンザレスの女でミルダ。つまり兵隊とギャングの女王サマとその妹シンディ、それに生徒のジョージとロベルトである。

いきなりパーティのように音楽が鳴り、近くからビールを持ってリカンが集まってきた。音楽に合わせて空手をやる奴、ブレイク・ダンスをやる者・・・・。

トシは急に食べたり飲んだりしたので体が熱くなり、腹がヘンになった。普通、断食の後は、お粥を少しずつ食べて通常の食事に戻していくらしいが。その後は落ち着いたせいか、眠くなった。耳の横で誰かが言う。

「ねえ、歳はいくつ?」

他の誰かがまた言う。

「ここでは二十歳になるまでに、もう何人も子供ができる」

「リカンはビルのエレベーターが下に着くまでの間に赤ん坊が生まれる」

「トシ、何でもあげるわ」

「気をつけろ、誰かの女に手を出すと決闘が待っているぞ」

そんな会話を遠くで聞きながら、トシは倒れるように眠ってしまった。悪夢は終わったのではなく、始まったばかりである。

アルファベット・シティ

次の日、皆は連れ立ってサブウェイに乗り、ダウンタウンへ向かった。不良たちの一日が始まる。

地下鉄列車の中では、落書きがそれぞれのグループの勢力争いを物語っている。ニューヨーク市は落書きを消すため、そして犯罪の増加を防ぐため、ペンキを塗った。しかし色鉛筆からクレヨンへ、マジックからスプレーへとエスカレートする落書きには、もう手がつけられなくなっている。しかも、地下鉄の設備を新しくでもしない限り、カーブにさしかかると列車は軋みながら揺れ、車内の電気が消える。その瞬間、競争相手の名前の上に自分の落書きをかぶせ、力を示すのである。自分のグループより相手が多い場合などを考え、逃げ道を用意し、ドアのまわりを陣取る。床にはゴミが転がる。仲間のひとりが誇らしげに言う。

「市の仕事を増やしてやらんと、貧しい失業者が増えるからな」

ニューヨーク市は元・軽犯罪人にゴミの清掃という仕事をまわしているのだ。別のひとりは、飲み終わったビールを床に転がしながら言う。

「ビールを飲みながら歩くと捕まるから、茶色の紙袋に入れて持ち歩け」

ニューヨーク市の環境法では、アルコールを飲みながら歩道や車内を歩かないことになっている。しかし、隠して行なうのはどうにもならないらしい。よく見ると、あちこちに茶色の紙袋に包まれた缶や瓶が転がっている。トシと四人はドアの近くに立ち、つり革の代わりになっているようなハンドルにつかまり、ゴミにつまずかないように足元を確認して立っている。

百二十五丁目の駅を過ぎた頃から、黒人の連中がたくさん乗ってきた。サブウェイはハーレムに入ったのだ。何か故障でもあったのか、突然電気が消え、車内は真っ暗、いや真っ黒になった。乗客のほとんどが黒人なので、目と歯だけが白く光り、トシは一瞬、動物園の檻かなにかの中に入っているような感覚になって自分の仲間を見た。しかし皆、平気な顔をしている。そして列車が揺れるたび、仲間の動きはリズムに反応した。鋭い動きが体の振動となり、今からすぐにでもディスコが始まりそうである。それに反して、黒人の乗客はジャズの音楽でも聞くように柔らかい粘りに満ちた動きを見せ、列車が線路に触れるたび、まるで申し合わせたように皆いっせいに揺れる。

カターン、コトーン、ゴトゴト・・・・。

リズムがいつの間にか皆を酔わせ、半分眠りたくなるようである。再び電気がつき、明るくなった車内で、まぶしいためか目をつぶっている黒人もいる。あるいはジャズに酔ったあとの目覚めなのか。

「そう言えば、思い返してみると長い緊張の日々で、気の休まる一時もなかった」と、トシは仲間に守られてホッとなり、いつの間にかウトッと眠りに誘われた。その瞬間、いつの間にか横に来ていた黒人がトシの尻に触ったのである。アッと驚いたのは意外にも男の方であった。いきなりトシのサイドキックが顎に入ったのだ。横の敵に向かって足をすくうようにして自分の頭の高さまで蹴り上げる。松涛館流空手の横蹴り上げだ。ゲッとうなった男の手から反動で何か飛び出し、空中を一回転するとポトリと落ちた。いつのまにか盗んだはずだったトシの財布であった。

「オーッ、ソーリー！」

慌てたトシには何が起きているか分からない。練習のやり過ぎに起きる現象で、間違って反射的に筋肉が反応し、気がついたら大変な事になったと反省しているようであった。そして、ここに落ちているのがトシの財布で、文句を言っている黒人はスリである事に気づくまでにしばらく時間を要した。その間、既に車内は喧嘩状態に陥っていた。

突然、男たちは距離を取って睨み合った。何が本当か善悪は別として、たちまち人種の争いと

The Worst Case Scenario

アメリカで最悪の事態! 法の裁きは? ~その7~

*____ の上に自分や友人の名前を当てはめて考えてください

Linda is blind. ________ takes a swing at her and misses. Linda has no idea that ________ tried to hit her. Is ________ Guilty or Not Guilty of Assault?

リンダは盲目である。________は彼女をブランコに乗せて落とした。リンダは、________が自分を襲ったのだとは考えもしなかった。________は暴行に対して有罪か、無罪か?

Verdict: Not Guilty. Assault requires apprehension on the part of the victim that a Battery is about to occur.

判決:無罪。暴行となるには、殴打が今まさに起ころうとしていると被害者側が理解することが要求される。

From the tribulation cards of the Judge'n July game. Judge'n Jury is a registered trademark of Winning Moves, Inc. Danvers, MA 01923. Used with permission.

なったのだ。その時、トランジット・ポリスと呼ばれる地下鉄警察官が二人、既にその手に銃を握って発砲寸前の状態で走ってきた。

「マザー・ファッカー！」

「コーニョ！　カラホ！」

スパニッシュの仲間たちが叫ぶ。彼らのポケットから武器が出る前にトランジット・ポリスが叫んだ。

「フリーズッ！」

皆は急に友達同士の態度になった。いつの間にかさっきの怪我をした男はいなくなった。落ちていたトシの財布を黒人の男が拾い、手渡しながら言った。

「これ君のかい？」

「おう、悪かったな」とトシの仲間が握手し、おまけに肩まで組んだ。

「オフィサー、すみません。ちょっと遊びが過ぎました」

皆、口を揃えて言い訳した。

「大丈夫か？」とポリスは車内を見回した。まわりの乗客は皆おし黙り、目だけがキョロキョロと落ち着きなく、イエス・サー、と答えた。

ポリスは持っていた銃をホルスターにしまい、トランシーバーでどこかに連絡を取ったあと、もう一度訊いた。

「本当だな」

「ノー・プロブラム、サー」と黒人の奴ら。

「ナーダ、セニョール」問題ありやせんぜ、とスパニッシュの奴ら。ギャングたちは皆、平気だ。それを聞いたポリスは、黒人の仲間らしい男たちを隣の車両へ押しやった。そしてトシの仲間には人指し指を立て、「おい、問題を起こすな」と言いながら去っていった。

サブウェイはダウンタウンのブリッカー・ストリート駅についた。トシとその仲間はそこからセント・マーカスへと歩き、アベニューAと六、五ストリートの交差点にさしかかる。

「ヘイ、チェックしろよ」と、仲間のひとりが顎をしゃくって後ろを示しながら言う。ほかのひとりが、ピューと口笛を鳴らした。さっきの黒人の仲間が三人ほど後をつけていた。そこへスパニッシュのギャングが群がってきた。

「ミラ、ミラ」

見る見るうちにその数が膨らみ、まるでオオカミが獲物に襲いかかるようであった。

「ハーレム・ボーイズだ」と、仲間は黒い連中を指し示した。

「えっ？」と思わず聞き返すトシ。

「奴らのあだ名さ」と、仲間が答えた。知らないうちにトシはギャングの仲間に引き込まれているようだった。

その時、バル〜ン、バル〜ンと異常に響く音を出して、大型バイクが二〜三台やって来た。いきなり喧嘩はおさまり、まるでネズミが走るように早く、蜘蛛の子を散らすようにギャングは消えた。

「ハーレーだ。見ろよ、ヘルズ・エンジェルだ」

「ヘイ、ボーイズ。何かあったのか？」

オートバイのアイドリングをスローにしながら、その男たちが近づいてきた。そして、ギョロ目を細め、トシの仲間たちを見回した。

「ハーレム・ボーイズだ」

排気音にかき消されぬように、仲間のひとりが大声で答えた。

「カモン、ボーイ、ユー？」

ニヤッと笑った大男の一人が聞き返す。

「ノッ。ジョ・ケイドウ・ヌンチャク」と、トシの仲間は誇らしげにスペイン語で名乗りを上げる。

「カモン、ガイズ。ギミ・ア・ブレイク」と、他の仲間も言う。それを聞いたヘルズ・エンジェルスたちは

「オー、ブルース・リー！」と大げさに手を動かしカンフーの真似をする。その太い剥き出しの腕から肩にかけ、いろいろな刺青が並んでいる。もう一人は頭に載せた皿のようなヘルメットを脱ぎ、スキンヘッドの汗を腕でぬぐった。その頭にも刺青が入っている。真夏なのに厚い皮ジャンを着て、背中にはガイコツに羽根がついた絵と共に、ヘルズ・エンジェルス、〝地獄の天使〟と文字が入っている。もう一人の太った男はドイツ軍のヘルメットのようなモノをかぶり、そこからはみ出した金髪を三つ編みのおさげにしている。その先に剃刀の刃のようなものをつけ、それを自慢そうに振ってみせた。そして「カンフー。空手。オンナ」と言うと、皮ジャンの袖をもぎ取ったような上着を振りまわす。その腕には、鉄鋲やチェーンを巻いた革の腕輪をつけている。珍しがり屋の見物人が、それを見ようと集まってきた。ヘルズ・ヘンジェルズたちはその群れをかき散らすように「ボーイズ・イン・トラブル」と叫びながら、バル〜ン、パァパ〜ン、と排気音も高く走り去った。

集まった群れの中から、何か獲物を探すような、しかし感情のない燃えるような目の奴らがグ

HELL
HARLEY
SODA
HARLEY

The Worst Case Scenario

アメリカで最悪の事態！ 法の裁きは？ ～その8～

*____ の上に自分や友人の名前を当てはめて考えてください

Sal Capone is shot at and missed by ________. Capone runs away and is killed when he steps on a rotted well cover and falls to his death. Is ________ Guilty or Not Guilty of Murder?

サル・カポネは________に撃たれたが、弾ははずれた。カポネは逃げ、腐った井戸の蓋を踏んで落ち、死んだ。________は殺人に対して有罪か、無罪か?

Verdict: Not Guilty. Capone's falling in the well was an independent intervening and unforeseeable case of death.

判決：無罪。カポネが井戸の中へ落ちたのは独立して介在した出来事で、死を予測できない事態であった。

From the tribulation cards of the Judge'n July game. Judge'n Jury is a registered trademark of Winning Moves, Inc. Danvers, MA 01923. Used with permission.

ループとなってトシたちに近づいた。

「ハングリー・クルーだ」

「奴らはいつも飢えている」

「ハイエナのような連中だ」

トシの仲間は、自分たちのことは差しおいて彼らをけなす。トシには見分けがつかないが、同じスパニッシュでも黒人と混ざった人種はまた違うらしい。目と目が火花を散らす。パチーンと後ろ手に持ったスイッチ・ブレードのナイフの刃が、音を立てて飛び出す。ジャラジャラとチェーンの音。ケイドウ・ヌンチャクのリーダー、ゴンザレスがポケットから紐のついたナイフを取り出した。紐の端を握り、いきなり大きく振り回す。

ブ～ン、ヒュ～ン。

紐の先についたナイフが音をたてて回転し始めた。

カチッ！　と鋭い刃を開いて、獲物を狙うように近づいてきたクルーたちの足が止まった。

「決闘だ！　ケンカだ！」

見物人が叫ぶ。すると、誰かが大声を上げた。

「ＮＹＰＤ！　カップが来たぞ！」

その叫びに、チェーッというような声を上げ、皆いっせいに武器をしまった。
「A！　ファッキン、エー」（凄いぜ、エースだ）
「B！　ボーイズ」（がきども）
「C！　カモン」（来いよ）
「D！　ドント・クライ」（泣くなよ）
「E！　エンド・フォー・ゼム」（奴らは終わりだ）
アベニューA、B、C、D、そうしていやな奴は、E＝イースト・リバーに沈めよう。ここは俺たちのテリトリー。ブッバッ、ブッバッ。ラップの音楽に合わせ、仲間ソングらしい歌を歌いながらクルーたちは去って行く。
そこはアルファベット・シティと呼ばれる無法地帯である。

生まれながらの殺し屋

夕日を左側の窓に浴びながら、地下鉄はサウス・ブロンクスを走る。ハーレムを過ぎると、いつしか列車は地上の高架線を走っていた。真っ赤な午後の太陽に反射して、焼けついて怒りに乾いたような廃墟ビルが立ち並ぶ。やぶれた窓ガラスがぽっかりと黒く開いて、まるで、歪んだ顔と大きく叫ぶように開けた口が人間の住む権利を拒否しているようだ。時折そのどこかの窓から響く騒音のような音楽が、トシには反逆に満ちた人間の叫びとうめき声のように聞こえた。キー、ギーとレールを軋ませながら、列車は高架線のカーブにかかる。

(オイルが切れている。あるいは熱で乾いているのか? コンクリート・ジャングルだと人々が言うのは、まさにこのことなのか)

殺伐とした景色の中で、時々キラッと光る宝石のようなものがトシの注意をひいた。何かが夕日を反射している。オヤッと思ってよく見ると、それは壊れた車であった。留まっている間にどんどん部品が盗られるらしく、中にはもうポンコツ寸前のようなガタガタの車もあった。

(まるで強暴な動物に食われていくようだ。動いている間はよいが、もし留まったら、その時からあらゆる奴が襲ってくる)

トシには、ここは本当にジャングルで、住んでいるのは人間ではなく動物なのかもしれないと思えた。

突然、列車はブレーキの軋みと共に乱暴に止まった。

「アキー。ここだっ」

仲間はパラパラと駅に飛び降り、半分ダンスのステップでも踏むような足取りで道を歩いた。自分のシマに戻ってきたのだ。それを証明するかのように、いつのまにかあちこちのビルの物陰から仲間が集まり、それが道いっぱいに広がる。もう歩道も車道もなく、誇らしげに肩を並べて行進する。まるで凱旋してきた兵隊のようだ。それを見て、オオカミの仲間のような奴らがさらに集まってくる。中には飲み物や食べ物まで運んでくるやつもいる。トシは彼らの両親が食べ物を用意くれたのかと思い、道沿いのビルの窓を見上げた。皆、じっとストリートを見下ろして注目しているようだ。しかし何が不服なのか、目があうと歓迎していないように急いで窓が閉まる。

(そうか、青少年が爆走するのを恐れているのかも。ストリートのこいつらは日本で言うところのチンピラに違いない)

実は、奴らはそこらの店から強制的に食べ物を奪い取ってきていたのである。その中にはブロンクスのチンピラだけでなく、奴らの強さと悪さに憧れ、他の町から予備隊のように集まってくる思春期の少年たちもいる。人種が違うがベトナム人がそのひとつである。

ベトナム戦争の折、アメリカ人との間にできた子供がそうだ。戦争後、子供が欲しいという人の良いアメリカ人家庭に、養子としてもらわれてきた子もいる。ところが、その子の親戚やいとこなどがどんどんアメリカに不法入国してくる。困ったフォスター・ファミリー（養父母）は移民局に連絡する。それがベトナム人の子の恨みをかい、フォスター・ファミリーは不慮の死に至る。ここでは親子関係より民族の血の方が強いらしい。小さな殺人者たちは、隠れ家を求めて移動する。ヒット・アンド・ラン。俗にいう〝ひき逃げ〟のような犯罪を起こすのだ。

また、よくある事件では日本人の駐在妻がレイプされ、できた子供が養育園に預けられる。社会的な汚点を隠すためだ。その後、親なしの人種としてこのブロンクスに隠れ住む。

ギャングが家族なのである。幼児の時期から泣きわめき、喧嘩に明け暮れ、この予備軍を卒業する頃にはその涙も涸れ果て、親のいることも忘れる。情け無用の男、お尋ね者として成長する。環境としては極めて最悪でお勧めできない、と誰もが口を濁す。

そんなことは当然理解できないトシには、その説明が片方の耳から入り、ブロンクスの風が吹き抜けるように、もう片方の耳から抜けていく。

「あまりひどいんで、言葉にして表現できないんだろう」と、トシは説明を聞けば一応知ったかぶりで、解ったようにうなずくのだった。

しかし経験に乏しいトシには、実際の理解がおぼつかない。背景にある事情を知る由もない。当然のことながら、その凄さのレベルを実感することもできない。ただ、何か危険度を察知するセンサーのようなものは感覚として芽生えていた。特にあの断食以降、何か表現できない鋭い動物的な感性が養われたようだった。食べ物のにおい、人間の体臭、そして女の体が醸し出す雰囲気の匂い、ついには、かなり離れた距離から危険の匂いのようなものを嗅ぎ分けるようになったのだ。

（こいつらは孤児でひねくれている。ガキのつっぱりか？　気持ちは分かるような気がするが）しかし、現実と自分の想像がどうしてもトシには結びつかないのである。予備軍の面倒を見ながら、俺って何て抽象的なんだ、とトシは自分に苦笑する。しかし、のんびり考えていると、毎日つき合ううちに本当の危険がトシを蝕んでいく。まわりが危険になればなるほど感覚がニブくなり、慣れることによってあらゆる悪事を正当な事実として受け入れる。いつの間にか自分も悪い奴らと同じ人格になる。そして、目の前に起きるバイオレンス（暴力行為）が当たり前の感覚になっていくのだ。

〝朱に交われば赤くなる。〟

どこかにあったそんな格言が、頭の隅でトシに語りかけるような気がした。日本からニューヨークにやって来た誰かが、その経験を説明してくれたことがあったような気がする。来てから約六ヶ月目と二〜三年目に頭がヘンになるそうだ。今が人生の節目かもしれない。

心配したカラブッカス先生とマークは、ベトナム人の男の子をひとりトシに任せ、武道で育て直す役割を与えた。

「一応、俺も基本過程の先生にはなれたのか」

トシはまんざらでもないと思った。カラブッカス先生には内緒だが、腕自慢のつもりで、この予備軍のチンピラにＢＴＫの連中のキック・ボクシングに対抗する喧嘩の方法を授けたりした。ケイドウ組の予備軍はそれを使ってあちこちで喧嘩を起こし、いつの間にかギャングのあいだで恐れられる存在に成り上がっていた。武道が武器もあまり持てない貧しい連中の武器となったのだった。

ＣＨＩＣＯ（チコ）とはスペイン語で小さいと言う意味だが、当て字で〝血虎〟と書いて、東洋人たちから恐れられている。彼らはベトナム人の混ざったギャング達である。その後、蛇頭といわれる中国人ギャングと組んで、福建省からの不法移民を大掛かりに行うようになった。外から見るとベトナムも中国も同じように見え、警察は両方同じように捕まえる。ＣＨＩＣＯ対ＢＴＫの闘いも同じような人種の内部抗争に見える。しかし内部事情としては、まるでベトナム戦争でアメリカ連合軍と南ベトナム軍対北ベトコンが闘っているかのようだった。

専門家によれば、昔、韓国の猛虎部隊はテコンドウ（体拳道）とその基本である日本松涛館空手、ハワイ松涛館虎拳を使った。その大もとの中国・虎の拳を基本にした軍隊が連合軍についた。彼らは、タイとベトナムの蛇の館で鍛えたタイ・カンボジア・ベトナム特殊部隊に対抗して戦ったといわれる。

歴史に乏しいトシにとって、そんなことはどうでもよいことであったが、自分がいつの間にかその中に巻き込まれていたのだ。その少年との出会いは、まるで歴史が繰り返すような運命的な出来事であった。

生まれと育ち

ベトナム人の少年マイケルを預かったトシは、その知り合いを通して、日本人の経営する道場で個人レッスンをすることになった。マークはニコニコしながら満足そうにトシを眺め、「しばらく気にしていなかったが、こうして見ると立派に育ったもんだ」と、まるで自分の子供を見るように喜んだ。

「悪い環境とは大変なことらしい。そういえば不良という肩書きで死んでいった子供も結構いた」と、トシは思い出したように言った。

知らないうちに二年は過ぎ、もう三年目である。

「スポーツ武道を教えるインストラクターは花形商売だ。君は幸せなヤツだ」とマークが褒め称え、先生もシャーミンもまるで自分の子供が一流企業に入社でもするような勢いである。おまけに、こずかいまでポケットにねじ込まれ、学生の頃、親から同じようなことをしてもらった経験を思い出したトシには、躊躇の連続であった。

「金はガキどもがいつも運んでくれる」とトシは心の中で思った。人の世話にはなりたくない。意地を張るわけではないが、いつの間にか訳の分からぬプライドのようなものが自分に根づいているのに気がついたのである。

しかし、トシの気づかない世界で子供たちが盗みを重ねる。毎朝運んでくるコーヒーとパンは、近くの喫茶店から脅し取っている代物で、練習の後、生徒や友人と称するチンピラの男とその女達と共に食べる夕食も、もちろん飯代など払うどころではない。トシが席を立った後、レストランの裏からショバ代として集金を行っているのであった。何も知らないのはトシだけで、まつり上げられて悪の道をまっしぐらに走っている。いつかは絶望に突き当たるであろうが、それがいつやってくるのか、本人は知らないのであった。トシ自身は別に悩みがあるわけでもなく、特に気づかなければならないこととして思い当たるのは、敬語の問題ぐらいである。

「しばらく日本語を使っていない。でも、アメリカにいる日本人に会うんなら、別に敬語ができなくても気にならないだろう。まあ、やっていけそうだ」

それが現在のトシにとっては最も重要な案件であった。

しかし、カラブッカス先生たちがそういった生活に気づかぬわけはない。トシを守ろうという努力の賜物が今回のインストラクターの仕事である。金のなる木がどこかにあるわけではなく、トシが貰う謝礼はマークやシャーミンがこっそり協力しているのであった。

スーザン・リンとは、そのベトナム人の女のアメリカ名である。スーザンはマークの戦友の子供を宿した。彼女は子連れでアメリカに移民した。しかし、その父親であるジャックはアメリカで既に結婚していたため、マークはジャックに頼まれて彼らの面倒をみている。金はジャックが充分払っているが、スーザンは何かの理由で夜の水商売に手を染め、売春斡旋業まで行い、この界隈ではアジアのママサンと呼ばれるようになっていた。韓国や台湾、マレーシアなどの女を囲っているのだ。

そんなこんなで、マダム・リンは連れ子のマイケル・リンの面倒は見ない。別に嫌いなわけでもなかろうが、マイケルはジャックの前の男との間にできた子なのだ。非常識にも、ときどき行う美容整形の手術に多額の金を使っても、子供の教育にはビタ一文使いたくない。ジャック絡みの人間関係をあたためて仕送りを確保し続けるため、ときどき入る泡ぶくのようなお金をプロテクションとしてマークのポケットにねじ込むやり方をしている。日本でいえば、ちょうどヤクザのヒモに礼金を払うようなものだ。マークは、俺はスーザンの用心棒じゃあない、と苦笑いする。それでも揉めごとがあるとついつい頼まれて腕っ節をふるってしまう。マークから見れば、そんな環境にいるマイケルをトシに預けて武道で鍛えさせる事は、一石二鳥の名案だった。

トシがインストラクターとして紹介されたのは大西柔道場という日本人の経営する柔道学校であった。マンハッタンのダウンタウンにあるしっかりしたビルの中にあり、キレイに整った道場である。練習している生徒達も礼儀正しい。

(環境が影響すると言うのは本当のことなのか?)とトシは改めて感心した。ちょうど練習が終わって出てきた大西先生は、生徒たちを送り出したあと、トシを見て珍しそうに言った。

「うちの道場を借りて子供を教えたいんだって? 普通はグループで使うこともあるが、ひとりの生徒には広すぎるし。教える時間帯は私が使わないときなら構わないが、場所代の方が高くなるかもな」と、親切にガイドしてくれた。その上、何も知らないトシに「子供には、一緒に遊んでやるつもりでやるんだ」と教え方のコツまで説明してくれる大西先生であった。しかし、トシには人の親切という気持ちが分からない。

(環境を大事にするこの道場のシステムに合わせる、と理解すれば良いのだ)と心に留めた。

今トシが住んでいるブロンクスにルールはない。強いものがリードし、そこで生き残るには生か死のみしかない。明日なき男たちの生きている社会には絶対とも言うべき選択が存在する。しかし大西先生の話には、トシのことも考えた選択の自由があり、二～三のやり方が選べるのである。それは、お互いが生きてきた世界のギャップというか、生活している社会の違いにある。余裕とお金持ちに囲まれて豊かな人生を送っている大西先生は、突然、日系コミュニティーの外からやって来たこの不思議にも見える青年に興味を抱いた。今まで日本人社会の中だけで生きてきた先生であるが、近頃、武道を入れた映画が流行りになっているせいで、あちこちから引っ張りだこである。日本や中国武道の立ちまわりで、短いながら出番が多く、ハリウッドの人々の間では俗に言う有名人なのだ。モデル嬢や映画スターとのつき合いが多く、道場には弁護士やドクターと呼ばれる人々がうろうろしている。そういう金持ちたちから見たトシは野性丸だしで、彼らが今までつき合った人間関係の経験からは判断できない。まるでジャングルから出てきたターザンのように鋭い荒削りな、成長不良の動物のように映って見えた。それでも、大西先生の頼みもあってトシに何か仕事をくれてやろうと努力したらしい。こずかい稼ぎ程度だが、ときどき武道の立ちまわりや高いところから飛び降りたりするスタントマンの仕事があるという。名前も考えろというが、何も考えられないトシは貰った服に書いてあった名前を取った。カラブッカス・チェン。多分死んでしまったシャーミンの子供の名なのだろう。そこから「カラブッカス・ジュニア・チェン」となんの感動も感情もなく決めたのである。

HOLLYWOOD Party

The Worst Case Scenario

アメリカで最悪の事態! 法の裁きは? ~その9~

*____ の上に自分や友人の名前を当てはめて考えてください

Myrtle is leaning over the balcony railing of her 10th floor apartment when _______, who really dislike her, speaks up from behind and shouts “Boo!” Myrtle suddenly falls to her death. Is ________ Guilty or Not Guilty of Murder?

マートルは 10 階にある自分のアパートでバルコニーに身を乗り出すようにして手すりに寄りかかっていた。そこへ、彼女を非常に嫌っている_______が、後ろから「ワッ！」と叫び声をあげた。マートルは、突然手すりから落ち、死亡した。________は殺人に対して有罪か、無罪か?

Verdict: Guilty. Action (saying “Boo!”) caused her death.

判決：有罪。「ワッ！」と言った行為が彼女をしに至らしめた。

From the tribulation cards of the Judge'n July game. Judge'n Jury is a registered trademark of Winning Moves, Inc. Danvers, MA 01923. Used with permission.

カラブッカス・ジュニア・チェン。

ついに噂が伝説を蘇らせた。

好むと好まざるにかかわらず、偶然がいつの間にか重なり合った。しかし、自分の周囲に何が起きているのか、今だに高慢に無視しているように見えるトシであった。まわりは日本人特有と思われる神秘性を感じているようだった。だが、本当のところは語学力に欠け、判断力もなく、周囲を理解して生きる余裕のないのが事実だった。トシは異常なまでに精神的な視界が狭い。独断と偏見で、了見の狭い思いこみ屋の生き方をしている。しかし、それを知るものはいない。敬謙な態度と遠慮が重なり、今まで強情なまでに噂を無視していたように思われていた。

それが今、自ら名乗りをあげたのである。シャーミンの子、伝説のリーダーが蘇ったのである。ブロンクスのどこかに隠れている不死身の男。彼らの英雄が、再び復活したのである。

ふたつの違った世界のギャップはすぐに埋まり、どちらがどちらのことか違いがなくなった。それらは共に、事実をもとにしたものではない。自分の事しか考えられないトシの盲信がもとになっている。トシには、学歴も教養もなく迷信ぶかい人間たちに囲まれているという状況が分からないのだ。それが今、トシ個人の事情と彼の生きるブロンクスという社会がひとつとなって、人々の頭の中に存在するようになっていた。

かつて、チーノと呼ばれたカラブッカス・ジュニアが、ギャングを引き連れた義賊のボスとして君臨した。弱気を助け、強きを挫く。貧しい人のため金持ちや権力者と闘い、抗争中、銃弾に倒れ、その死体は仲間が隠した。その事実は警察も知らず、三～四年間は大きなギャング抗争も起きずに暗黒街は平和を保っていた。そして、噂だけが密やかに囁かれ、関係者の間で一人歩きを始めた話が伝説として口の端にのぼるようになった。それは、トシを除いて町中で知らない者はない話だったのである。

カブキマン

マンハッタンに通うようになったトシに、微妙な変化が出始めた。大西先生から貰ったブランドの服も然る事ながら、使う英語も道端で使う攻撃的なスラングだけではなく、子供に教育をするためか、ちゃんと文章に近い言葉になりつつあった。自分でも毎日、成長するのに真剣である。そして子供もなついたようであった。

「教える事は、習う事。武道にも教習と学習というのがあるんだ」と本人も分かってきたようである。

「俺が技を教え、この子がそれを素直に習う。その素直さを俺に教える」と、まるで生まれて始めて素直になったように、ほろりと涙を流した。その噂がブロンクス中に流れ、まだトシを見たこともない奴まで、味方はその心を称え、敵は鬼の目にも涙かとののしる。

大西先生や映画関係者は、まるで野獣が人間に近づいたように思い、安心した。これまでは、トシのボディガードと称するチンピラがいつもビルのまわりにたむろして、スキあらば誰からでも節操なくこずかいをせしめていた。いつか、トシの気分の良いときに相談しようと思っていたが、ようやくそのチャンスが来たと、皆、喜んだのである。

マイケル・リンはトシに個人的な、特別な話をした。

「僕たちがベトナムに住んでいた頃」に始まる、信じられない告白・・・・。自分の本当の父は空爆で死に、母は半分レイプのようにして妊娠した。米兵ジャックは今の養父になる。爆撃で逃げるとき、母は手に抱えていた赤ん坊、マイケルの妹を火の中に投げ込み、ベトナム脱出を図った。マイケルはその瞬間から、いやがる母の服の裾をつかみ、死んでも離すものかとアメリカまでついてきたと言うのである。だから一人ぼっちで、どうせ少し大きくなると今住んでいる場所からも追い出されるという。どうせなら将来、自分で生きていく道を作りたい。

（自分の力で生きていくのは当たり前のことだが、俺のところに来ているガキどもはもっとひどい生活を強いられていたんだ）

トシはマイケルの話が改めて身にしみたように思った。

（まあ、それでも何かの縁。一応、俺のお客で金も払ってくれているので、面倒をみる必要がある）

自分で納得して、早速、映画関係者に相談を持ちかけ、なにかしてやろうと思い立った。

「おい、あのベトナムのガキは俺の弟分だ。何か子役の仕事でも回してくれ」

ところが、頼んでも返事は意外にそっ気ない。

「もし日本人であれば、考えてもいい」と、関係者は言う。多分、大西先生の手前もあるからだろう。断るにしても日本人コネクションであれば何とか使い走りにしないでもないが、そうでなければすぐ断るのであった。カチッときたトシは言った。

「そうか、俺の言い分を断るとタダじゃやすまないぞ」

ゴリ押しが脅迫になり、その話が大西先生からマークへ、そしてシャーミンへと流れ、大騒ぎになった。困った映画関係者は一計を案じ、ちょうどクランク・インする映画『ザ・カブキマン』に出てもらい、三流映画出演の少しの金でごまかそうということになった。

モンスター映画で知られるその監督は、普通の人間が怒ると緑色のモンスターになる『超人ハルク』というレスラー物のような映画を撮っていた。今度、その予備作を制作する予定だった。それが『ザ・カブキマン』だった。バットマンとかスパイダーマンなど人気のマンガ・キャラクターが成功したので、その向こうを張ろうということらしい。今回は、悪い奴が日本の歌舞伎界を牛耳る家族から秘密の道具を手に入れ、緑の水晶のような光を出すと、その力で人間がモンスターのようになり、これを刑事が追うというストーリーである。

　この映画に子役を使うというのである。

「それは良かった」とトシは、オーディションと呼ばれる監督の行う面接にマイケルを連れて行くことになった。緊張しているマイケルには、

「俺がついているから大丈夫だ」と言いつつも、

（こいつは根性のあるガキのはずだが、口だけか？）と、ついつい知らないうち、子供に大人と同じ要求をしているトシであった。多分、何の余裕もない若者たちが目いっぱいつっぱっていたのだろう。

「平気だよ。ただ、僕たちの約束を忘れていないか、確かめたんだ」と、マイケルは小さく貧乏ゆすりをしながら答えた。

「俺はいつも約束には命を賭ける。信じろよ」とトシは応え、心の中でヘンな奴だなと思った。

　そこで珍しく気がついたトシは、マイケルの気をまぎらわせようと一緒にオモチャ屋にでかけた。なにか面倒をみてやろうという気になり、誕生日のプレゼントを探そうと買い物に誘ったのだ。

　道場から近場のグリニッジ・ビレッジには、昔はアーティストが住んでいたという。ここに来

ると、面白いものが安く買えるチャンスがあるのだ。

ブリッカー・ストリートにある店に入ると、珍しく親切な対応だった。白人の若いオンナの店員は、これもあれもみんな貴方の国で作られたのよ、とどこか誇らしげにトシに薦めた。そして、マイケルを見つめると言った。

「ずいぶん大きなお子さんね」

(多分、ヒスパニックは子供が子供を産むと有名なので、俺のガキだと思っているな)と、トシはサウス・ブロンクスの経験からそう思った。

このオンナ、エレンはトシに恋のモーションをかけたのだ。しかし、当の本人には経験不足で分からなかった。ヒスパニックと通称されるのは、スペインから来た人種ではなく混血のことであるが、彼らはオンナも男も直接的で、会話抜きですぐセックスに直行する。それを情熱的と思っているらしい。教育不足だ。だから白人は彼らに取って高嶺の花となるのだろうか。文化的な生活をしている社会的地位からなのか、そこらへんを知ってか知らずか、その立場を利用する白人は多い。フォーリン・イン・ラブ。一瞬だけの恋への傾倒は危ない火遊びだ。白人の女たちは、ときどき使い捨てに怒ったヒスパニックの復讐の対象となり、暴力の餌食となる。人種差別の原因が形成され、悪い仲間が集まる。これがブロンンクスの社会通念である。しかし巷ではそんなスリルを楽しむように、この危険な雰囲気に惹かれてつい、つき合うことを俗に〝ニューヨーク・ラブ〟と呼んだ一時期もあった。

「これが欲しい」と、マイケルが汽車のオモチャをねだった。ずいぶん高いので、金を作ってからまた来ることにした。意外にわくわく期待したのはエレンのほうである。他に売らないでくれと言うトシの頼みで、道場の電話番号を残してトシたちはオーディションに向かった。

「知らなかったけど、ベトナム製のオモチャが日本製のスタンプをつけて売るなんてヒドい」と、マイケルは勘違いして憤慨している。事実としてはありえない話だ。おもちゃは正真正銘〝メイド・イン・ジャパン〟であり、ベトナム製は未だに売られていない。しかし、トシにとって、今となっては遠くなった日本だ。あまり意識もなく（そんなこともあるんだ）と、思った。まるで、学校を卒業したての社会人一年生が、できない所は知識として鵜呑みにするように、トシは少しずつまわりの環境に影響され始めている。分かったような顔をして外見はそこにフィットしているが、内面ではかなり無理しているのかもしれない。日本人がニューヨークに来て一年から三年ほど経つと、やたら独り言を吐くようになるらしいが、それが行きつくともう頭脳は真っ白、ただ動いているだけで何も考えられない状態なのだろう。

VILLAGE
TOY SHOP

The Worst Case Scenario

アメリカで最悪の事態！ 法の裁きは？ ~その 10~

*____ の上に自分や友人の名前を当てはめて考えてください

Glen, ________'s son, is a neighborhood bully. ________ is told about Glen's behavior many times by several different parents, but ________ doesn't believe them. Later, Glen beats up another child and this time the child's parents decide to sue ________ for damages. Is ________ Guilty or Not Guilty of Negligence?

________の息子、グレンは近所のいじめっ子である。________は、数人の親たちからグレンの振る舞いについて何度も聞かされている。しかし、________はそれらを信じない。その後、グレンはまた別の子供を殴り、今回は子供の親が損害に対して________を訴訟しようと決心した。________は、不注意に対して有罪か、無罪か？

Verdict: Guilty. ________ is liable for failing to take steps to protect others from Glen's vicious tendencies.

判決：有罪。________は、グレンの素行不良から他人を保護するステップを取らなかったことに対して責任がある。

二十五丁目の十番街という住所はウエストサイドのはずれで、あまり良い場所ではない。古びたビルの傷んだ階段を上ると、いろいろな人間が控え室で待っていた。

「君たちはヒーローなんだろ。がんばって金の交渉をしないと」

そこにいる連中が耳打ちした。てっきりサラリーマンのように給料を貰ってやっているのだと思い、驚かせた。彼らはなんと三〜四年もこういうことをしていると言い、トシを
「待つだけの仕事なんて、珍しい仕事があるもんだ」とトシは言った。面白い冗談を云うやつだ、とそれが皆の笑いを誘った。

ドアが開き、監督らしい男がトシたちを手招きした。

「オイ、出番だ。まあ、父兄同伴と云うやつだ」と立ち上がったトシに、なかなかいいジョークだと、皆はまた笑った。

イタリア人でマフィアだと噂のトーマス監督顧問が言った。

「ひとりだけくればいい」

「保護者の意見がいるのか」と、トシ。

「オーケー、オーケー」と彼は後ろ手にトシを引き入れ、ドアを閉めた。そして、写真、ポート

フォリオ、ビデオ、とかなんとか尋ねた後、

「我々もちょっとアジアが入っていれば、お前、中国やれ、日本やれ、と誰でも選ぶんだ」

と言い、そこに立てと命令口調で言った。

気がついてよく見ると、カメラの奴が三人、ノートを持っているのが四人、そして監督らしい男が二人と俳優らしいオンナが三人いる。割と広い部屋は仕切りもなく、まるでデスクとその空間を皆で睨み合っているようだ。

「もっと真中へ来てくれ」とノートを持った奴が言う。

何か変だなと思っているトシを前に、監督がオンナの一人を呼んで、彼女に言った。

「肩を組め」

冷たい感じの俳優だ。次は小柄な俳優を呼んで、注文をつけた。

「向き合え」

「手を回してみろ」

初めてのことで戸惑っていると、今度は服を脱げと言う。

「いくじのない野郎だ」とカメラの奴が云う。カッときたトシは、こいつやるのか、とブルース・リーの喧嘩のように威勢よく、シャツを脱ぎ捨てた。

「オーケー、グッド」

よく分からぬうちに、話は終わった。帰ろうとするトシに皆が寄ってくる。肩をポンポン叩く者。紙にサインさせようとする者。なにか台本のようなものを持ってきて、これを読んでこいと言う者。いきなり数人がやってきて、壁を背にパシャパシャ三〜四十発も記念写真を撮った。その一人が

「今度は全部脱いでね」と、気持ち悪いことを言った。

もう既に何度か映画の手伝いをしていたので、仕事を貰うために面接があることは知っていた。それが新しく映画を作るためにいつも行われることも。しかし、そのためにポートフォリオという、自分を紹介する履歴書の写真版が必要なことなど、今まで生きていた世界では考えたこともない。世の中には、映画俳優、モデル、ファッション業界などがある。今、自分自身が歌舞伎の途中にお能という仮面をつけて知らない人生を演じるように思い、ふとどこか不思議な惑星にでも来たように感じた。

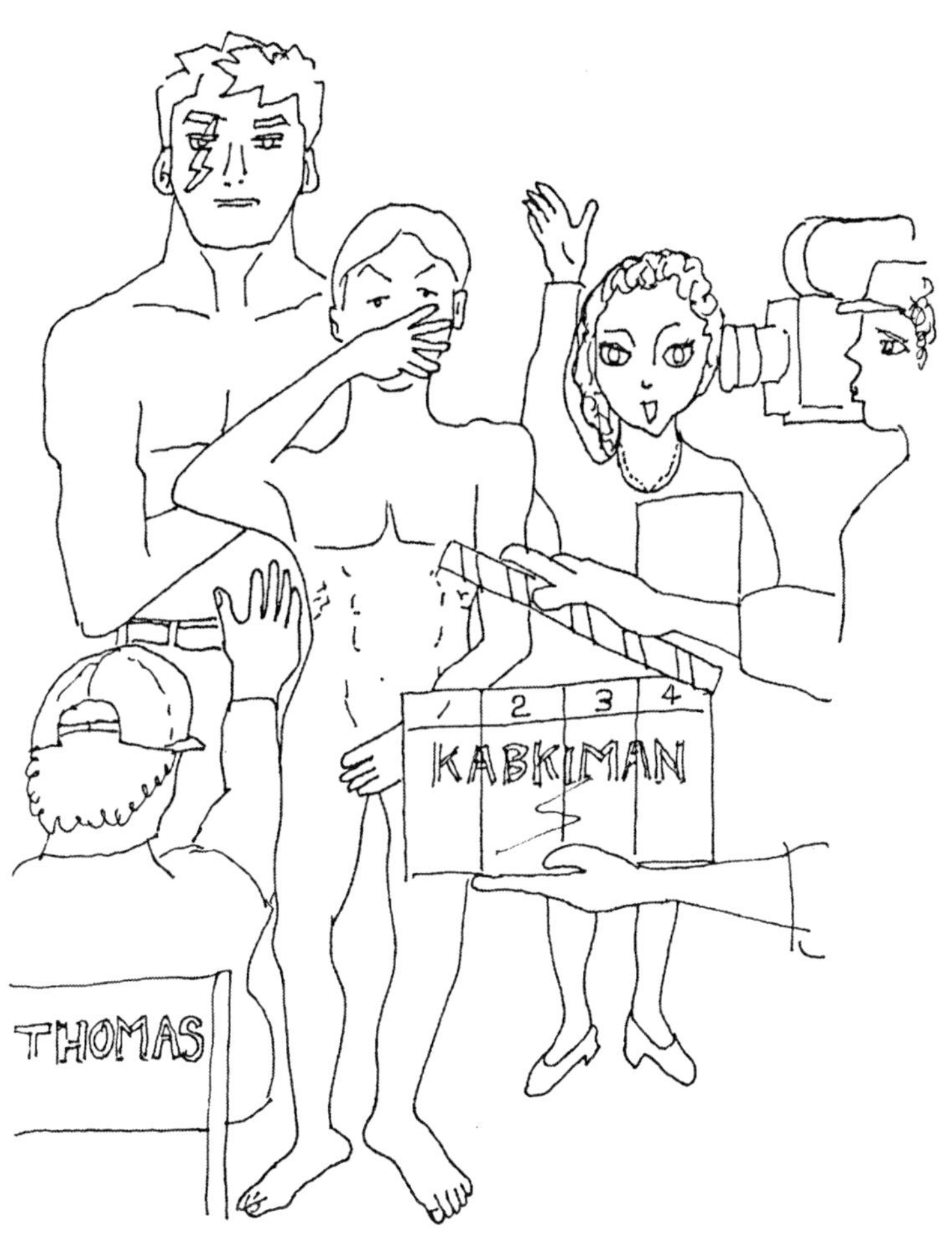
1
2
3
4
KABKIMAN
THOMAS

The Worst Case Scenario

アメリカで最悪の事態! 法の裁きは? ~その11~

*____ の上に自分や友人の名前を当てはめて考えてください

________ promises to buy ________'s jewelry this year from Rosy the Ruby Reseller. When ________ buy a ring from Diamond Dave, Rosy sues ________ for Breach of Contract.
Vote for the Plaintiff if you feel ________ has Breach the contract.

Vote for the Defendant if you feel there was no Breach.

________は、今年ルビー再販業者のロージーから、________の宝石を買うと約束している。________がダイヤモンド・デイブから指輪を買おうとしたとき、ロージーは契約違反であると________を訴えようとした。

もしあなたが________は契約違反であると感じたら原告へ、契約違反がなかったと思う場合は、被告に票決されたし。

Verdict: For the Defendant. A Valid contract requires a quantity term. Here, there is no measurable restriction on.

判決:被告に票決。有効な契約に期限はつきものである。この場合、期限を想定できる制限が設けられていない。

From the tribulation cards of the Judge'n July game. Judge'n Jury is a registered trademark of Winning Moves, Inc. Danvers, MA 01923. Used with permission.

ベトナム・ワルツ

オーディションは、体よくマイケルを断る手段に使われたらしい。

この屈曲したもののやり方や考え方は、別にこのために用意したものでもなく、この世界の通常らしい。田舎から出てきた若い新人はこの関門を通過するたび、傷つき、騙され、崩れて行くのが常識になっている。それでも、かすかな希望に夢を託して、レストランのウエイトレスやブティックの店員をやりながら、いつか成功して有名になり、セレバティと呼ばれる有名人たちだけのグループに入れるチャンスを待つ。そのためにオーディションに応募するのである。自分を磨き、ダンスのレッスン、歌のレッスン。そしてなるべく良い住所に住み、常にコネを探し、そのためには何でもする。もちろん監督やカメラマンと寝ることなど当たり前になっている。そしてそのほとんどの場合、この大都会の藻屑と消えるのだ。

トーマス監督顧問はこの映画と直接関係のない立場であったが、トシの動きを見たときから映画のどこかで使いたかったのだ。

どうなったのか理解できぬまま、しかし、お金が入りそうだというのは、トシとマイケルにとっては嬉しいことであった。なにか始めて自分の力で稼いだような気になり、トシはマイケルの誕生日に汽車のオモチャを買う約束をした。これは二人の人生において最も大事な約束となった。

「ところであのカメラマン、変なことを言っていたが」と、居心地の悪さを隠すようにトシがつぶやいた。

「あいつらゲイなんだ」と、マイケルは当たり前のように言う。小さいくせにトシより世の中のことには長けて、ませている。そして、これが自分のポルノ・グッズだと言わんばかりに、ポケットから一枚の写真を取り出した。〝ストーンウォール〟〝グリニッジボーイ〟と書いてあり、なぜかガリガリにやせた裸の日本人三人組がステージで踊っている。丸出しのポーズだ。びっくりして見ていると、

「ひょっとしたら、トシ先生はバージンじゃないの?」とガキがいう。タイやベトナムでは少年が売春していると言い、自分も大きくなったらビジネスとして考えてもよい、とマイケルは平気だ。

「ブロンクスでは、そいつらがぶん殴られるターゲットだ」とトシ。

「だからそんな野蛮な奴らから被害を受けないように、先生についているんじゃないか」と応じ

るマイケル。

映画出演の話が噂となり、ブロンクスではもう皆が知っていた。多くの住民は眉をひそめた。と言うのは、最近、ケイドウ・ヌンチャクのリーダー、ゴンザレスは特に弱いものいじめに走っているのに、皆のためにその対策を考えていたはずのトシは金持ちの仲間入りをして、傍から見ると旧来の義賊たる誇りが消えて行くようだったからだ。

伝説の男チーノの相棒でゴンザレスの懐刀ヘスースは未だに独房に入って、なんの進展もない。ヘスースは英語読みだとイエス・キリストの意味のジーザスになるが、最近は面会に行ってやる奴が誰もいない。ブロンクスの力のバランスが崩れ始めたらしい。

普通、牢屋へ面接に行った奴がお金と情報を運ぶのが、彼らの独立運動の基本条件だ。そして早めに外へ出る奴がヘスースの命令を聞き、法律の届かないところで法の実行をする。早くいえば〝目には目を〟のシステムである。この仲間にマークも関係しているらしい。

マークは取りあえず映画出演を喜び、誕生日祝いということで、派手なトランザムのオープンカーでトシとマイケルを迎えに来た。

まだ現金が入ってこないトシは、マークに借りて汽車のオモチャを手に入れた。エレンは道場に電話してトシのことを聞き、もうすっかり映画俳優だと信じている。

「ねえ、カプチーノのおいしいところ、紹介するわ」とエレン。

「それってデートのこと?」とトシ。戸惑ったトシはからっぽのポケットを探る。(どうしていつも必要な時に金がないいんだ)と、心の中で思った。

「あら、車でドライブでも構わないわ」と、エレンはトシがコーヒー嫌いなのかと思い、話題を変えた。

店のショー・ウインドゥごしに真っ赤なスポーツカーが見えた。

「今度、電話する」とトシは答え、車に飛び乗った。

「ヘイ! プレイボーイ。もう新しいのを見つけたのか」と、マークはからかった。

マークは、特に戦争後の植民地のように不安定な場所で、連合軍のように違った文化のいろいろな人種とつき合うのを得意としている。米軍の経験があるからだろう。

車はクイーンズ区へタダで行けるクイーンズボロウ・ブリッジを渡り、ルーズベルト・アベニューに入る。地下鉄高架線の下を走る道だ。景色は徐々に変わり、どこか懐かしいようなさびれたような、下町の雰囲気を通り過ぎる。だんだんギャングの落書きが多くなって殺伐としてきた。安物を売る店が並ぶ、ちょっとした町である。

「そんなに悪くない」とトシ。

「気にいったかい？」とマイケルがまんざらでもなさそうに言う。

「まあ、いろいろあるさ」とマークは答えてブレーキをふみ、右にターンしてちょっと違った町並みに入った。日本の集合住宅のように二～三階の建物がベランダの廊下でつながり、なんだか社宅のアパートのような雰囲気だ。建物とのあいだに南洋の木が生え、ベトナムはこんなところかと思わせる。車から降りて階段を上ると、意外と広いコンクリートのベランダだ。ときどきアウトドア用の椅子があり、年配のアジア人夫婦が座っている。

〝リン〟と小さく書いてあるドアの前に来た。もうパーティが始まっているらしく、ガヤガヤと騒ぎが外まで聞こえてきた。挨拶に出てきたのは、トシが始めて会うママサンだ。（これがマイケルの母親か。写真の顔は整形直後？少し経つとまたもとに戻るんだろうか？）

彼女はマークとトシに二十ドルずつ、要求した。

（日ごろのお礼に呼んでくれたはずが？）とトシのその考えをかき消すように声が聞こえた。

「割り勘よ。飲み物は持ってきたわね」

リンはマークに流し目を送った。ニヤッと笑ったマークは手に持ったウイスキーを掲げ、四十ドルをママサンの胸に差し込んだ。フン、と怒ったような顔をしてマイケルの頭を押しやるスーザン・リン。

「ママサン、ままさんっ」と誰かが酔った大声で叫んでいる。

「今、行くわよっ！」

そして下げていた髪をかき揚げ、安っぽい髪止めで押さえるようにし、わざわざ腰を振りながら男達の集まる部屋へ戻っていった。

「キャー、きゃー」とオンナの声が聞こえる。トシはマイケルの部屋へ行き、お土産を開けた。アパートの中は意外と狭い。そこには母親のベッドがあり、マイケルの居場所はなかった。ドンドンと誰かがノックするとマイケルは急いで汽車をベッドの下に隠した。マークがビールを持って話に来た。

「俺の友人を紹介するぞ」

トシが見たその男はジムといい、ベトナム人に混ざってウイスキーの回し飲みをしていた。顔には出ないが、首のあたりと鼻の頭が赤くなりかかり、それを冷やすためにビールを水代わりにして飲んでいる。

（ここは、ベトナム戦争を媒介として仲の良くなった元米軍とベトナム移民が集まる愛好会なのか？）

トシたちが出て行くと
「おお、サムライ一気！」とジムが騒ぐ。グラスにウイスキーを注ぎ、それを一息で飲むのだ。こういうときはいつも日本が引き合いに出され、無視したい圧力がかかる。トシはつき合いで飲み干した。カーッと安いウイスキーが喉を焼く。

「一気、いっき」と他の奴がまた別の男のグラスに注ぐ。まったく限りがない。酔っているせいか男の手が揺れ、グラスをはずれた。

「よー、よー」

こぼした責任だと、一人がリボルバーを出してその男の頭につける。

「ノー、ノー」

他の奴がそれを取りあげ、弾を抜き、一発だけ残し、シリンダーを回した。俗にいうロシアン・ルーレットだ。弾がいつ出るかわからない。わぁわぁと皆、興奮に沸いている。相当酔っているのか、部屋の外ではダンスをベランダでやるらしく、騒音が声を掻き消す。

「ドーン」

その一発を、天井に向かって男が撃った。

「きゃー」

オンナが叫び、立ち上がってトイレに逃げる。パラパラッとトシの頭に天井材の壊れた粉のようなものが落ちてきた。ジムが馴れた手つきでトシを部屋の隅に引き寄せた。それらの出来事が同時に起こり、アパートは突然の沈黙に呑み込まれた。一瞬、顔を見合わせた彼らは再びワイワイと騒ぎ、ワルツの音楽に合わせてダンスが始まる。

「誰か来てくれ」と、マイケルがトシたちを呼んだ。廊下の突き当たり、トイレの前で男が拳銃を抜いてそれをドアに叩きつけている。安い造りの薄いドアが破れて拳銃が突き刺さり、中から悲鳴が洩れる。

それっとトシは後ろから男に組みついた。その頭ごしに背の高いマークが男の髪を掴む。拳銃を取り上げたトシは、それをマークにトスし、マークはジムにトスし、トシはそのやせたベトナム人の腕をひねった。

「引き上げようぜ」

マークはトシに耳打ちして車を取りに行った。グズグズしているトシの腕を掴んだジムは急いでベランダに飛び出した。そこではベトナム人たちがグルグルと回転しながらワルツを踊っている。外の非常階段から飛び降り、飛び乗るようにして車に行きついたトシたちは、もう既にベトナム人たちに囲まれていた。

「拳銃だ。それをよこせ」

彼らは手に手にカマ、バット、自転車のチェーンなどを持って武装している。

両手を大きく広げて「オーケー、オーケー」とマークはうなずき、

「ママサン、パパサン、サンキュウ」とジムは大げさに車の中で半立ちになり、拳銃を振りまわした。「取りに来いっ！　それとも弾だけ返そうか？」

ジムが睨みをきかせた。彼らが少しあとずさりした瞬間を逃さず、ベトナム人の囲みを破って、マークは車を発進させた。

車は既に暗くなったルーズベルト・アベニューをひたすらに走る。その頭の上をガー、ゴー、キー、と騒音を立てながら、地下から高架線の上に出たサブウェイが走り去る。

「もう大丈夫」と、マークはスピードを落とした。

「アレッ！　なんだろう？」と、声を挙げたのはトシである。さっきまでパチパチと接触の悪いレールと地下鉄の車両のあたりで光っていたはずの電気が、トシたちの頭上でときどき花火のようにはじける。

「お、シェッ」

「奴らだっ！　弾がはじけているんだ！」とジム。

マークは再びスピードを上げた。

「マシンガンを撃ってるぞ！」とジムは叫ぶ。「これを使えっ！」

ジムはトシに拳銃を渡した。扱ったことのないトシは、夢中でそれを後方車に向ける。アセって引金を引いても何も起きない。拳銃から弾が出ないのだ。

「しょうがないな」

ジムが上着を脱いだ。なんとその下にタスキ掛けしていたのはガンベルトではなく、タイヤのゴムで出来たベルトに針のように釘が出ている代物だった。それをつけてくる車に向かって投げ捨てた。

キーーーッ！

鋭い音がして、ハンドルを切りそこねたのか、クギがタイヤに刺さったったのか、ついに彼らは視界から消え去ったのである。

橋を渡り、マンハッタンに戻った三人は祝杯を挙げようとアイリシュ・バーに転がり込んだ。またまた飲み会の続きが始まる。

ビジランテ

アイリッシュ・バーというところには、伝統的にアイルランドから来た人種が集まっている。本国アイルランドに行くと、こういう酒場では未だにアイルランド解放戦線、ＩＲＡが集まって昼間から呑んでいるという噂である。バイオレンス、暴力的、という言葉はこの人種のためにあると言っても過言ではあるまい。と言っても、革命組織の彼らのようにニセのパスポートを使ってイギリスやアイランドに行った経験でもないと、理解に苦しむところではあるが。

一般の人々から見たアイリッシュ・バーとは、ランチもありディナーも食べられるが、レストランというよりバーと云うべき、つまり自分と意見を同じくする仲間が集まって飲む場所だと理解されている。

この男、ジムは、かつて少しは知られた建築設計の仕事をしていた。しかしカルトと呼ばれる新興宗教かぶれに襲われて家族を失ったのである。警察が犯人を挙げられず、とうとう自分の手で逮捕し、その際に殺し合いとなり、正当防衛で相手を倒した。これが世の中では復讐の可能性もあったと騒がれ、その後、ブロンクスに移り、悪人を倒す男として映画のモデルになった。チャールス・ブロンソンの『デス・ウイシュ（死にたがり屋）』だ。日本では『狼の挽歌』となり、原題と意味は違っていたが当時の流行になった。ジムは、今までに二十五人の犯人を警察に連れて行った男で、自分の正義を使って悪人をとっ捕まえることから〝ビジランテ〞と呼ばれている。彼と同じ意識を持ち、自分から率先して行うボランティアの人々として知られているグループには、〝ガーディアン・エンジェルス〞がいる。

時は流れ、当時と比べればやはり時代は変化したのだろうか。

チーノ亡きあと、ゴンザレスは弱いものいじめに走り、ヘスースはキューバ人のためかカストロとの関係を疑われる運命となった。ヘスースの叔父は、なんとあの有名なチェ・ゲバラで、革命に動いてボリビアで死去。その片腕であった日本人は、あまり世に知られていないが元オリンピック水泳選手で、やはりボリビア戦線で戦死。きな臭い環境の中で、プエルトリコ独立運動がブロンクスに潜むように深く静かに潜行した。それがためにアメリカ政府は締めつけとして、カラブッカス→ソ連→ヘスース→キューバのつながりを断つ目的で、チーノ暗殺が行われたと噂された。それを町の人々は皆、常識のように信じている。

ここでスペイン語しか話すことのできぬやつはキューバのスパイと間違われる。そんな被害妄想的な思考が彼らを非常識な方向に走らせ、誇り高いオオカミたちは義賊精神を捨ててハイエナの群れとなった。それに対する市の政策は、決闘を排除し、ディスコを流行らせ、落書きをアートと推奨することだったと言われ、そのため彼らが〝マリコン〟と嫌う同性愛化現象が起きている。加えて、危険なねじ曲がった話が堂々と行われている。

トシにとって、これらは自分と関係の薄いことであった。雑学の知識として、将来の参考に話半分で聞いておこう、と思った。

しかしその中で興味を引いたのは、法律の守りの問題である。人間これ皆平等、と信じるトシにとって、理解に苦しむ内容のことが現実に起きているのだ。トシやマイケルは、この国に住むためパスポートが必要な人間なのに、マイケルの母親はジャックの力で弁護士を使ってグリーンカード（永住権）、そしてアメリカ市民権を得た。マイケルの弟ジャック・ジュニアは彼女がベトナムで身ごもり、アメリカで出産したのでアメリカ国籍になるらしい。その立場を利用し、権利がないのでしょうがなく不法で働く女を使って売春をやらせたり、男はアジア系のレストランへ皿洗いなどに行かせ、人の弱みをついて不法労働を提供する。アジアのママサンとして君臨しているのである。

こんな闇取引で儲けているのはママサンだけではない。いつの世にも存在する闇の権力者、汚職政治家もたくさん存在する。そしてマイノリティーの中で起きる問題は、耳を貸す必要のないものとして片づけられる。

そのような中でプエルトリコだけはアメリカの州のひとつと同じで、プエルトリカンはアメリカ市民と同等である。それゆえ、同じヒスパニック同士でもプエルトリカンが他の人種より優位に立っていじめていた。見かねたヘスースなどは自分が得られる立場を犠牲にしてアメリカの立場から離れ、他の弱小国と共に生き、プエルトリコ独立を主張した。ヒスパニックの同じ苦しみを分かち合うというわけだ。

プエルトリカン以外のヒスパニックは、パスポートのみが身分証明になる。それと同じく、他の国から来たばかりの貧乏人にはなんの守りも権利もないのである。それに比べると、プエルトリカンにはアメリカの法の守りがある。その差の大きさは、普通のアメリカ人には知る由もない。多少、事情は違うが、ここアイリッシュ・バーはアイルランド人と、アメリカ人になったアイルランド人連中の酒場なのである。

急にまわりが騒がしくなった。ピューと口笛を鳴らす奴までいる。

IRISH PUB

The Worst Case Scenario

アメリカで最悪の事態！ 法の裁きは？ ~その 12~

*____ の上に自分や友人の名前を当てはめて考えてください

Unexpectedly, the bar and grill that ________ is in erupts into a mass brawl. ________ throws a punch at Derek. Derek dodgers the punch. So ________ hits Malcolm instead. Is ________ Guilty or Not Guilty of Battery against Malcolm?

________がいるバー&グリルで、不意に激しい口論の嵐が起こった。________はデレクを殴った。デレクはそれをかわした。そこで、________はマルコムを代わりに殴った。________は、マルコムへの殴打に対して有罪か、無罪か?

Verdict: Guilty. ________'s intention to hit Derek is transferred to Malcolm.

判決：有罪。デレクを故意に殴ったことがマルコムに移行した。

「マーク、マーク！」

誰かが黄色い声で叫ぶ。マークのガールフレンドだろうか。声の持ち主は女王サマのように登場した。グラマーという言葉は、まるで彼女のためにあるようだ。酔っ払いがそれをほっておくはずがなく、もう男が抱き着いている。するとパチン、ゴンと鈍い音が響き、喧嘩が始まった。酒場はあたり前のようにひしめいた。

「うーむ、パムか……」

マークは呻くようにつぶやくと、深酔いの腰を挙げた。ガシャンと何か壊れる音がした。ジムが立ち上がり、いつものようにげんこつを構え、指をならした。

「へへーイ、カモーン」

「このヤロ～、やるかっ！」

ボトルをカウンターから盗った男が、ナイフ代わりにビール瓶を割った。それを見やったトシは、応援しようと重い腰を上げる。

「やめてよっ！」

オンナの声が響いた。突然シーンとしたバーの内部では、気がつくと音楽も切られている。タバコの煙でよく見えないが、どうやらママサンらしい。いつの間にかたいぶ時間が経ち、そろそろ閉店らしい。ガヤガヤとお客は引き上げる……。

まさか酔いつぶれた訳ではないが、とトシはフラフラ起き上がった。安ウイスキーのせいか頭がガンガンする。記憶がないので焦ってしまう。

「アメリカに来てから、時々こういうことがある」

ふとトシは、時間をさかのぼったようにそう思った。何か次元の違う世界に陥ったのだろうか。それとも夢の続きだろうか。

「カルチャー・ショックとでも言うんだろうか」

トシは独り言のようにつぶやいた。フラフラとつきあたりにあるトイレのドアを開けたつもりが、そこでは見知らぬ女が薄い下着でうろうろしていた。

「オー、ソーリー」

トシはびっくりして、思わず棒立ちになった。

「アニー、トシの邪魔するな」

ジムががなり声をあげた。

「あんたがチーノね。聞いてるわ」

アニーと呼ばれた女は両腕を胸の前で組み、半分トシに挑戦するように言った。そして、トシを頭のてっぺんから足の先まで見まわし、納得したようにうなずいた。近づいてきたジムがトシの肩に手を回して言った。

「こいつはもう赤毛の女を手に入れたんだ。あのオンナ、エレンとか言ったな」

そしてトシの頬にげんこつをあてた。アニーは誇らしげに目を細めた。

「それでこそ、私の男よ」

トシにはどうも意味のわからないことを言う。

「誰の男？　英語の方言がよくわからない・・・」とトシはつぶやいた。ジムがからかうように言う。

「汚いケツを洗ってこい」

そして、トシの背中をシャワーの方へ押しやった。

（いや～、昨日からほとんど寝ていない）

寝不足の頭にシャワーを浴びながらつらつら考えると、奴らは昨夜から随分荒っぽい。酔うとやたら人の頭にげんこつをあてる。それに友好の印だと思うが、アクセントのせいか汚い言葉のせいか、トシにはよく意味がわからない。何が起きているのか。アメリカの風習・習慣なのか。とりあえず郷に入りては郷に従うか、と自分がやけに古臭い考えで安心するのに苦笑した。

「あれっ？」

シャワーから出たトシは、思わず声を上げた。

「どうしたのよ？」

アニーがやって来た。トシの服がないのである。

「そこにあるのを着て」

彼女が指差す。自分のために特別とっておいた服があるなんてと感心していると、今までのトシの服は乾燥機の中でグルグル回っていた。

「全部洗ったのよ」

スニーカーや野球帽も一緒に洗濯機に入れて回すとは、驚いた。アメリカの習慣では洗ってしまえば皆同じで、平気なんだろうか。

着替えたトシが戻ると、マークがパメラという昨夜のグラマーとビールを飲んでいる。迎え酒らしい。ジムはピザをほうばり、コーラにウイスキーを足している。パメラとアニーは、大きなコーヒー・マグにウイスキーを砂糖がわりに入れている。

「トシ、コーヒーは？」

パメラに尋ねられて、起きてすぐまたウイスキーか、と思った。〃ブー・ブー・ヘッド〃と言って二日酔いで頭が痛いとき、アイリッシュ・コーヒーはよく効くそうだ。パメラはコーヒーを運んできてそれを置いた。

「良く似合うわよ。オー、マイ・ベイビー」

パメラはトシの頬にキスをした。誰かの服がそんなに似合うのだろうかと硬くなったトシは、オンナが誘って男同士で決闘になる場面を自動的に想像した。ブロンクスによくあるスパニッシュの風習だ。そして、またナイフかなんかで一対一の刺し合いでもするのだろうかと、昨夜の喧嘩で傷だらけのジムの笑い顔を眺めた。

「緊張するとこも、よく似てる」

パメラはまたトシを抱きしめた。

「ほっとけ」

マークは面倒くさそうに声をあげた。それを聞いたトシは内心ホッとして緊張が解けていった。

するとビジランテのジムは真顔になって切り出した。

「トシ、どうしても合わせたい奴がいるんだ」

「そのカーボーイ・ブーツもピッタリとは驚きだ」と、マークの意見に皆は真面目な顔で頷いた。

何かしっくりこない。だが、カラブッカス先生の子供と自分を一緒に考えているらしいことぐらいは、どんなに鈍いトシにも今までの経緯から分かるような気がした。同時に、そんな立場を利用して生きるのは自分で自分にウソをつくことになるのではないかと思ったりもした。

(世界には自分にそっくりな人物が三人までいると、どこかで誰かに聞いた記憶がある。それって人種に関係なくそうなのかな?)

今まで信じていた日本での教育や考えは、まるで薄い一枚の紙っぺらのようにも思えた。

(もしかしたら自分の生まれる前の秘密は、こういう人間関係の中に存在するのかもしれない)

と、トシは真剣に考えるようになっていった。

出会い

マークの赤いスポーツカー、トランザムは主に左の運転席後部をやられていた。今まで暗くてよく見えなかったが、昼間見ると撃たれた痕がいかにも生々しい。どこでぶつけたのか、後ろにかすった痕があり、トランクの穴が弾の通った証拠を残している。駐車場の男は驚いた表情で何か言いたそうにしながら、マークにキーを渡した。

「心配するな。オーケー、オーケー」

そいつのポケットにチップのドル札をねじ込み、持っていたビールを色の変わった車体の部分に振りかけると、ジーンズの上着を脱いでそれをふき取った。

「どうだ。これでいい、気分が違うぞ」

マークはニヤッと笑い、ジムとトシを急き立てた。

「さっさと立ち去ろうぜ」

車はマンハッタン島の東を走るハイウェイ、ＦＤＲを北にのぼる。

「同じプリズン（牢屋）なら、刑期が長くなってもこの近くがいい。あっちは助からないぞ」とＦＤＲ沿いの建物を指差しながら、ジムがトシに説明した。

「こっちはときどき自分のオンナも呼べるが、向こうに入ると弱い奴はオカマになる」

マークがうそぶいた。教育上聞いてはいけないが、現実として目をつぶるべき事実なのかも、とトシは生唾を飲み込む。

「最近、ヘスースもクスリにやられ気味らしい」とマーク。

「看守が悪い。みんなから少しずつ入れられれば、助からん」とジム。

薬には気をつけようと心に念じ、人ごとではなく可哀想な気がしたトシは、何とかならないのかという意味で聞く。

「でも、仲間で友人だろ？」

「アイツはリカンで中国人のオンナだぜ」

「まあ、運命だな」

ジムもマークもそれぞれ冷たく言いきる。そうか、それで金髪に見えるがすこし赤い、赤毛のエレンを持つ自分を単純に仲間にするのか？　それとも自分には見えない所に厳然と人種差別が存在するのか？　そういえばリカンも人種差別に対しては学校の本に書いてある以上には触れない。最後は結局、差別の責任は白人が悪いと言う話になる。

急に道がガタガタと悪くなり、前方では窓に厳重な網を張ったバスが門のあるところで検問を受けている。

「車がイカレる。スポーツ・カーは車高が低いんだ」とマーク。道には防犯用なのか、コンクリートのハードルが等間隔でつけてあり、スピードが出せないようになっていた。

「今度来るときは違う車がいい。そこにリカンの旗をつけてな！」とジム。バカにした言い方である。星条旗に比べると、星がひとつだけ入っているプエルトリコの旗はアメリカの州のひとつという意味だからだ。

ビーッと音が鳴って、面会室に行く廊下のドアが開く。持ち物、特に金物類は看守立会いでロッカーにしまう。その鍵と買い物をする分だけの現金を持って同じセクションにある換金マシーンのところへ行く。そこで牢屋専用のコインに変えるのだ。

検問を通るとき、トシはブーツまで脱がされた。この中では身分証明になるものは通用しない。ロッカーの預かり書がパスポートとなる。国が違うようにここでの法律があるのだ。その向こうに、この日のために用意した電話の記録が貼ってあり、それによって行き先が番号で示されている。

ようやく通された部屋の真中には、アメリカ特有の銀行窓口のように、ぶ厚いプラスチックの壁が防犯用に設けられていた。その窓口と机の間にソーダや菓子類を渡せるように隙間がある。手足にチェーンを巻きつけたヘスースが現れた。頬がこけてやつれているが、それでも久しぶりの面会に顔をほころばせて歓迎した。

こちら側から、まずタバコを窓越しに渡す。この中ではタバコが金の代わりとなって物々交換になるからだ。その次に飲み物や食べ物を渡す。ヘスースの疲れた目はトシに焦点を当てた瞬間に宙を舞い、ジムやマークの説明にも関わらず幻覚症状に落ち込んだように泣き叫んだ。看守が慌てて飛んできた。

「俺も長くないな」と、少し落ち着いたヘスースはつぶやいた。

ギャングの喧嘩で撃たれたチーノとヘスース。生き残った後、ずっとその亡霊を背負ってきたヘスース。情熱も今は覚め、自分のしたことが良かったのか悪かったのかも、もう分からないところまできていると言う。死ぬ前に自分のしたことが何かの意味を持てばよい、とヘスースは懇願した。

「ヤキが回ったな」とマーク。

「自業自得か」とジム。

BRONX PRISON
VISITING HOURS
10AM —— 12 NOON
3PM —— 6PM
JESUS
Hero
Jesus

The Worst Case Scenario
アメリカで最悪の事態！ 法の裁きは？ ~その13~

*____ の上に自分や友人の名前を当てはめて考えてください

________'s best friend robs a big New York bank and suddenly appears at ________'s door asking to hide out for a day or two. ________ agrees and doesn't report this to the police because ________ wants to use the time to persuade the friend to give up. Is ________ Guilty or Not Guilty of being an Accessory after the Fact?

________の親友はニューヨークの大手銀行で強盗をし、________の戸口に急に現われて、一日二日かくまってくれと頼んだ。________は合意し、警察にこれを通報しなかった。________は、友人にあきらめろと説得する時間を稼ぎたかったからである。________は事件後の従犯人として、有罪か無罪か？

Verdict: Guilty. ________ hid a fugitive from the law.

判決：有罪。________は法律における逃亡者をかくまった。

もちろん事情は知らないが、カラブッカス先生の子はギャングの喧嘩に巻き込まれて死んだのか。かわいそうになったトシは心の中で呟いた。

（ヘスースが何をしたというんだ。弱い人々のために戦い、政府に対抗した罪で逮捕。国の違いでそんなにひどくなるのか？　若者はいつも知らずに既成の法律に反抗しているのだろうか？そしてそれに疲れたとき、若者は大人になるのだろうか？）

行きどころのない怒りがトシを襲い、体中、熱くなった。

「日本人か」

ヘスースは我を取り戻したように、親密な目でトシを眺めた。

「君なら分かってくれる」

ぶ厚いプラスチックの窓に手のひらをつけ、トシと握手したい様子に、トシは何にも言わず自分の手を合わせた。彼の暖かい心の熱がそこから伝わってくるように思えた。

「復讐は請け負わないぞ」

ジムは帰りの車の中でうめいた。

「昔は良かったが、今はもうすっかりドラッグ・ディーラーになっている。早く死んだほうが皆のためだ」とマーク。

「お陰でゴンザレスは自分のヤクを手に入れるために弱いものいじめだ」とジムが言う。

「それって本当か？」と尋ねるトシ。

「まさか、なんにも知らずドラッグ・マネーで暮らしていたわけではなかろうが」

「皆心配して、映画関係で仕事になればという親心だ」

ふたりは異口同音に言う。どこまで信用できる話か。それは嬉しいことだが、別にトシが頼んだわけでもない。

「でも、それでは・・・」とトシ。

「なんのための出会いなのか。へスースは友達だろう？」

「間接的に、だ」

「ナイーブだな」

アメリカでは、特にここでは、ナイーブは無知で弱いという意味になる。

「事はそう単純ではないんだ」

「トシ。ことわっておくが、お前ひとりでここまでやれたんではないんだぞ」

「まったくこいつは急に生意気になる」

「いったい誰が面倒見てやったと思ってるんだ？」

トシには、ふたりが自分に向かって口々にののしるように聞こえ、こうなったら自分ひとりでやってやる、と腹を決めて意地を張った。とは言っても正直、何をやればよいか判らない。

ゴツン、とまたジムがげんこつでトシを殴る。この人種は仲良くなると益々殴り合いがひどくなるようだ。

「ノー、これを見ろよ」とトシはポケットの布を外側に出し、何にもない、何も隠していないとジェスチャーした。

「なかなかのガッツだ」

人々の表現によると、この人種はコンクリートの壁に頭をぶつけ続ける。不可能なものに立ち向かうという態度らしい。

「それでこそ、キッド・ブラザーだ」

ジムが肩に手を回し、またゴツンとげんこつをトシの頭に当てた。

キッド・ブラザーとは歳の離れたいちばん下の弟ということだ。トシはいつの間にか彼らの思いこみの兄弟になった。知らないうちに日本でいうヤクザの杯でも交すようなハメになったらしい。一抹の不安が心をよぎる。それをさえぎるようにマークとジムの会話が聞こえてきた。

「チーノとヘスースをやったのは、ヘルナンデスだ」

「今じゃ、でかい面してクルーのボスになった。これをそのままにするわけにはいかない」

急にトシの両肩に責任が載った。


車はトシを送り届けるためにブロンクスに入った。今までの雰囲気が一変し、突然まわりの景色が殺伐としてきた。大きなラジオを持って道端を歩く奴や、すれ違う車の窓から溢れるように流れるラテン音楽のリズム。それらが混ざって、まるで喧嘩でもするかのように響き合い、騒音となる。気にしたマークが対抗するようにカー・ステレオのボリュームを上げた。あるいは奴らの音をかき消したかったのかもしれない。ロックの機械的なサウンドが空気を立ち切るように響き、それが互いに耐えられない空間を造り出す。まさに危険な旋律。いつものように道場のビル前に集まった群れは、まるでオオカミが獲物を探すようだ。車から降りたトシたちを指差して叫ぶ。

「カウボーイ!」

「グリンゴ(白人野郎)!」

BRONX CENTER

The Worst Case Scenario
アメリカで最悪の事態! 法の裁きは? ~その14~

*____ の上に自分や友人の名前を当てはめて考えてください

________ and two friends agree to kill their boss, going so far as to buy a gun and a body bag. However, they never act upon their plans because their boss is transferred to another office. Are ________ and ________'s two friends Guilty or Not Guilty of Conspiracy to Commit Murder?

________と 2 人の友人達は、彼らの上司を殺すことに合意し、とりあえず銃と遺体袋を買うことにした。しかしながら、その上司が別のオフィスへ移されることになり、彼らの計画が実行されることはなかった。________と________の 2 人の友人達は、殺人の共謀に対して有罪か、無罪か?

Verdict: Guilty. They had an agreement to commit murder and they had intended to carry out their plans.

判決:有罪。彼らは、殺人を犯すことに合意し、また、計画を実行する意図があった。

「バカ！　ＶＡＣＡ」

「ロコ！　キチガイ」

男たちのわめきやののしり合いが、スキあらば喧嘩を売ろうとしている。

「ミラ、コーニョ！　こんちくちょう！」

「よく見ろよ、チーノだ！　チーノが来たぞ！」

大騒ぎになって、トシは初めて気づいたように自分のブーツを眺めた。鉄のつま先で飾られた蛇かトカゲらしい柔らかい皮が、昼下がりの光を浴びて生き物のように輝いていた。

恋の昼下がり

午後のテレビではご多分にもれずどこでも昼メロドラマをやっていて、ロマンチックな話が展開されている。それは多分ないものねだり、テレビの上だけの話であろう。ニューヨーク市内からよっぽど遠く離れた郊外、あるいはニュージャージー州にでも行くと、暇で退屈な、安定した家庭の奥さんが見ることのできる時間帯なのだ。その彼女らにしても、自分がその主人公の年代の時分は精一杯生きるだけで、人間関係やその経験など何も考えられなかっただろう。しかし現実に、誰かズーッと年下の友だちに相談されたら、出てくる答えはそんなテレビで知った内容から得たものかもしれない。

エレンはちょうどそういう家庭に育った。夢見る少女がそのまま大きくなったような、日本でいう中流階級。有名人とつき合う、ちょっと崩れた生活に魅力を感じている。不良がカッコイイ、と友人たちと話す。時代の変動は青少年問題を深刻なものにしている。彼女の友人の女の子は一日三時間ぐらいしか寝ないで二〜三年は遊び続ける。もちろん親たちは知らないが、仕事が終わ

The Worst Case Scenario
アメリカで最悪の事態! 法の裁きは? ~その15~

*____ の上に自分や友人の名前を当てはめて考えてください

While ________ and a date are in a nightclub they drink a lot of wine. The singer, during his act, walks into the audience and approaches ________'s table. The singer begins to flail his arms with the music, ________ considers this an assault because the singer is very close and ________ is very drunk, so ________ unreasonably punches the singer. Is ________ is Guilty or Not Guilty of Battery?

________は、デートしていてナイトクラブにいる間、ワインをしこたま飲んだ。歌手が歌いながら聴衆のあいだを歩き、________のテーブルに接近した。歌手は、音楽に合わせて彼の腕を殻竿で叩き始めた。その歌手が非常に接近しているので、________はこれを暴行と考え、また、________は非常に酔っ払っていたので、法外に歌手を殴った。________は殴打に対して有罪か、無罪か?

Verdict: Guilty. If ________ misapprehends danger, because ________ is drunk. The self-defense claim will not be allowed.

判決:有罪。もし________が危険であると誤解したとしても、________は酔っ払っていた。正当防衛という理由づけは許されない。

ったあとはデートか友達とディナー。そしてバー、ナイトクラブ。アパートに帰り、シャワーを浴び、仕事に行く。ひどい時は寝る時間もない。

電話を受けたトシは、躊躇しながらエレンとのデートを約束した。英語の問題も然ることながら、映画俳優と勘違いされているらしい。金の問題はどうするか。自分はひょっとしたら知らないうちに例の麻薬からの収入で生きているのかも知れないと、正直な気持ちをマークに相談した。

「ヘイ、アリエーロ。うまくやれ」とマークは言う。

「ナンだい、それは」とトシ。

「スパニッシュ・カウボーイのことだぜ。つまりカウボーイとインディアン両方入っている奴だ。追うものと追われるもの、追ったり追われたりするんだ。」

マークは恋愛のことを表現したらしい。

「俺はいつプレイボーイから、そのカウボーイになったんだい？」

そう訊ねるトシに、マークは車を貸してやるとか金はあるかとか、ずいぶん親切だ。ジムに言わせると、トシは〝キッド・ブラザー〟と言って年の離れた、あるいは腹違いの若い弟だ。白人のオンナは自分たちの仲間だから良いが、もしインディアンの女に手を出したら人間的に問題なのだという。

彼らにとって、人種差別問題を主張できるのは白人のサークル内のみであり、自分の主張を表現するというポーズで黒人などとつき合う奴もいると言うのである。もしかしたら、そんな歪んでいるとしか思えない彼らの博愛精神の延長線上に、トシも存在しているのだ。ここでインディアンと言うときは、たぶん、昔、白人がインディアンのオンナを使い捨てにしたように無責任に遊ぶなと言うことらしい。トシは彼らのいう〃ジェントルマン〃を体現すべく、男らしく、オンナに優しくレディ・ファーストのマナーに基づいて努力することにした。

トシの知っている限りでのやり方としては、まず、レストランではドアを開けたときに彼女を先に入れる。座るときは彼女を先に。飯を食うときは？？？？　もちろん車に乗せるときは彼女が先だ。何だか難しいことが多い。

ジムやマークがブロンクスの隣近所から完全に姿を消した後は、チーノの噂を聞いて例のアミーゴたちが集まり、またサルベッサとわめきながら朝方までの飲み会が始まる。

アミーゴがカラブッカス先生からの伝達を運んできた。明日の午後からまた、次の厳しい訓練が始まる。トシは頭の中で思う。

（だいぶ練習を休んでいたので、きつくなるな。その上、今は半分ケンカ状態の関係が気になるが・・・・）

「まあ、いいか。飲んで気分を変えよう」

トシはどこかヤケ気味にビールやラムを煽った。このラム酒がまた、水が合うというか、ブロンクスの連中と飲むとうまい。もつれあい、騒ぎ、サルサという音楽に合わせ、オンナたちがリズムに乗ってセクシーに踊る。まるで別の世界にいるようだ。情熱のロマンとはこんなことを指すのだろうか？

「うーっ」

トシは突然気がついたように目を覚ました。壊れた窓に張ってある板の隙間から強い日差しが差し込み、朦朧とした頭を照らす。

「今、何時だろう？」

トシは、部屋にしている広い散らかった道場を見回した。下の入口でガヤガヤと騒がしい声がした。泊り込みのボディガード役のチンピラが何か騒いでいる。ドアを開けると、チーノは私の男だ言ってとオンナが三人、ランチを持って来ているという。お互い言葉のハンディがあるせいか、冗談もどんどんぶっきらぼうになる。

「オンナのジェラシーが服を着て歩いているぞ」

チンピラが忠告した。

「先生、裏手刀だ」

手のひらの裏側ビンタをかませろ、と彼が言い終わる前に、オンナたちはズカズカと食事を持って入ってきた。

「ライス&ビーン、ポーク、コーヒー」と言いながら、いきなり部屋を片づけ始める。トシたちはコーヒーを飲むやいなや、部屋を追い出された格好になり、ビルの外で掃除が終わるまで待つことになった。それを見た通行人が合図を送る。

「チーノ、サルベッサをどうぞ」

アミーゴが寄ってきた。この界隈ではなぜ男達が昼間からビールを飲みながら街角にたむろするか、意味が分かったような気がした。

「先生。昨夜の三人のうち誰かを選んで決めたのか?」

「誰が一番よかったか?」

トシはそんな質問に

「酔ってしまって分からない。誰だったかもよく知らない」と答えた。

アミーゴ達は笑った。

The Worst Case Scenario
アメリカで最悪の事態! 法の裁きは? ～その16～

*____ の上に自分や友人の名前を当てはめて考えてください

Jocelyn hires ________ to exterminate the roaches in her house and then refuses to pay. Angered by this, ________ releases 2,000 roaches just outside Jocelyn's property. They quickly overrun Jocelyn's house and lawn. Is ________ Guilty or Not Guilty?

ジョスリンは、彼女の家のゴキブリを根絶するために________を雇い、次に、支払いを拒否した。これに怒った________は、屋外ではあったがジョスリンの家の敷地内にゴキブリ2,000匹を放った。ゴキブリはす速くジョセリンの家と芝生を横切った。________は有罪か、それとも無罪か。

Verdict: Guilty. Trespass to land is an intentional physical invasion, which includes objects set in motion by the defendant.

判決:有罪。他人の敷地内を横切ることは、故意になされた侵入と見なされ、それには、被告によって放たれた物も含まれている。

「それはまずい。オンナの掴み合いが起きる前にケンカにいこう」

向かい側のビルの角で見張っていた男が、喧嘩だ！　と叫んだ。それっとばかり男達は女のため、また恋のために命を賭ける。女たちは男の帰りを待って小さな（？）胸を痛める。もし愛で満たされないならば、男はその一瞬に運命と命を賭けて足りなさを埋めるのだ。これは説明されることなく、いきなり姿となって現われる。彼らの胸の奥深くに息づく伝統だ。その恋はまるで昼下がりのメロドラマのように、気づかぬうちに青春の一時期を駆け足で過ぎ去って行く。ふりかえった心の奥底で行き場を失った怒れる魂は、熱く燃えさかるリズムとなる。それがセニョリータに捧げる男のマッチョだ。大方の場合、喧嘩がもとで男は死んでしまうか、牢屋に行く。または敵に追われて姿を消し、身籠った女は生まれた子供を男の思い出のようにして育てるのである。運命的な彼らの人生は、いつの時代も変わることなく親から子へと受け継がれていくのだろうか。

その日、トシは帰らなかった。しかし連絡が入り、ジムとマークに会ったらしいのでシャーミンとカラブッカス先生は安心した。その夜、珍しく二人は言い合いになった。それがあまりにも激しいので、隣人がビックリするほどだった。トシをもう道場へは泊めさせない、家に引き取る、とシャーミン。カラブッカス先生の心配は、まだ武道が未完成だということだ。このブロンクスの住民が読むタブロイド新聞の一面には、決闘で刺した死んだという記事が毎日載るほどである。このまま行くとトシが死ぬか、相手が死ぬ。そこでシャーミンが太極拳を習わせるという話に落ち着いた。

何にも知らないトシは彼らの親心にまったく気づいていない。ジムの所に泊まった翌日、人の心配をよそに、思い立ったようにマークに借りた車でエレンをドライブに誘ったのである。

車に乗った後、エレンは女のカンでトシが以前より男としての雰囲気を増したように感じ、そっと肩に寄り添ってみた。コーヒーでもどう、とトシは言った。どこか雰囲気のよい喫茶店にでも入ろうという意味であった。エレンは、コーヒー・スタンドでテイクアウト用の紙カップのコーヒーを望んだ。二人はそれぞれの思いで相手に合わせようとし過ぎて、すれ違いの感覚である。

しかし、トシはエレンから久しぶりの安心感を得た。彼女の英語が割と解りやすいせいと、ほんわかした優しさとドライブのせいだ。涼しい風のような、女として熱くもなく冷たくもない楽しい雰囲気に、何年ぶりかに浸ったのである。そして夜になりアパートへ送り届けた後、別れる気にならず、トシはそこに泊まることになった。

「誰かとつき合ってる?」と聞かれ、口ごもったトシは「特別いない」と答えた。その後、どこか自分に正直ではない気持ちになり、とまどいを覚えた。ブロンクスの女たちのこと。映画の配役で自分の女になる女優のこと。同時に自分の人生がウソで固められたような感覚になった。そして判断がつかずに、入口にあるソファで寝ると主張した。エレンは不思議に思ったが、同時に、もしかしたらボディガードでもやっているつもりか、あるいは遠慮と恥ずかしがり屋のせいだろうかとも思ってみた。でも自分に魅力を感じてくれないのも淋しいし、イヤだ。

ふたりは互いに朝まではっきりしない夜を過ごした。

(映画の話が決まる前は、どこを捜しても女の影もなかったのに。ひとりできるとなんで一度に女が集まるのか。悩みの種になる)と、トシは頭を抱えた。

イタリアン

映画の世界を作る裏方は、はっきり言ってほとんどイタリア人である。その当時、有名なアル・カポネはブルックリン区のバーテンダーから身を起こし、バーテンダー組合、そしてアクターズ(俳優)組合と全米の組合組織を作り上げた。港湾労務者斡旋。興行。昔からイタリア系といえば、移民してくる貧乏人を使うビジネスをやり、サーカスでライオンに火の輪をくぐらせ、今や成功した連中でライオンズ・クラブを設立するなど、それなりに世の中の一部を支配している。俗にいうマフィアである。主に都市部をテリトリーとし、鉄の掟、コーザ・ノストラで固めた動きは、まるでローマ時代を今に誇るようである。その象徴であるライオンのように、相手が一〜二人なら彼らも一〜二人で対応する。そしてカジノやギャンブルに代表されるひとつの文化ともいうべきものを作り上げた。コロシアムでの殺し合いを観賞して楽しむように、世の中の出来事を横で見るだけでなく、その上それをギャンブルにしてしまう。このシステムが行き過ぎると、その裏話をお客に賭けさせる。裏ビジネスとして金儲けだけでなく人間までもコントロールする。

つまり、人生そのものがエンターテイメントとして演じられるのである。

イタリアンとアイリッシュの仲が悪い場合、それはアイリシュのレベルが貧乏であるか、またはＩＲＡアイルランド解放戦線の仲間の疑いがあって安定したソサエティに入れない場合だ。人呼んでアイリッシュ・マフィア。彼らは下請けでヒットマンをやっている。ある男の言い分によると、頼まれた仕事で死体から証拠が揚がらないように努力した、と言う。しかし成功したにも関わらず金の支払いが得られない。そこで、依頼主に箱詰めした手と首を持ち込み、信用できないならば始めから依頼主も目撃者もいなかったことにしようと詰め寄った。言葉を変えれば、目撃した者には同じようになってもらうと言うことだ。それは脅迫ではない。仲間割れ、そして同罪意識なのだという。

人種の違いによる意見のくい違い。個人的な友人づきあいのときは割とよいが、特にその人種の社会意識で彼らの世間体が許さないというようなしがらみになると、面倒なことが多くなる。若い時はそれでいいが、長年の貸し借りがあると、それが手カセ足カセになるようだ。

この話を聞いたとき、トシはイタリアンには決して借りを作ってはならないと思った。これは大事なことで、現にクルーのチンピラはイタリアンから金を借りたり、その見返りに麻薬の販売に手を染めたり、いつの間にか彼らの言い分を聞いている。

映画のスポンサーが会いたいと言うので、トシはランチに招待され、ニュージャージーの金持ちの家に出かけた。監督顧問のトーマスと一緒に前挨拶というところだ。

こういう状況の中で不安とまでは行かないものの、いったい何が人生の喜びなのかトシには分からない。若いからだと人は言う。もやもやした雲に包まれ、人々のおだてに載って錯覚に陥っているだけかもしれないが、ふわふわとどこかへ上昇するように理解していた。まわりの人間たちは羨ましそうに褒め称える。スターになるチャンスだそうだ。現実をよく見ているガキのマイケルに言わせると、

「アメリカの青年は、チャンスの扉が少しでも開いたらそこに自分の足を挟み、閉められないようにするんだ」そうだ。でもトシには、その足元が地面から離れて行くような気持ちだった。

大きな屋敷には、既にダックスフントのような車体のストレッチ・リモが何台かとまっている。金持ちか有名人が集まっているのだろうか？　家主の家族が手料理をご馳走してくれるらしい。その奥さんとお手伝いさん、三〜四人の子供まで挨拶に出てきた。親に似た雰囲気で丸々太った家族である。

大きな食卓テーブルには、きちんとした服装で金持ちらしい男女が座っていた。出てきたスパ

ゲティを食べ終わったころから、女たちは立ってキッチンへ手伝いに行く。家主がそれを待っていたかのようにワインを開け、自分が面倒を見た女優の話が始まる。トシは彼のオンナか奥さんが怒らなければよいがと心配したが、ナス料理、チーズ料理と運んでくる彼女たちもどこか楽しそうであり、ホッと安心した。

「サルー！」とワイングラスを挙げ、乾杯の音頭を取ったボス。リッチーことルチアーノ・ビガンテは隣に座ったトシに次の音頭を取れと要求した。反対側の男、ビニーことビンセント・ディ・エンジェルが勧める。

「ジーノ、お前が今日の主賓だ。何とか言えよ」

トーマス監督顧問は横からひじで突ついて合図を送る。チーノがイタリア名前のジーノになってしまった。

「家主であるリッチーに長生きと健康を！　サルート！」

トシは思いつきでグラスを掲げた。

「グード、グード」

突然、ボスはトシのほっぺたを指でつねる。そして立ち上がると、トシの首の後ろを掴み、引き上げるようにした。思わず立ち上がったトシの頬を平手で軽く叩きながら言う。

「こいつは俺のいとこのようなもんだ」

全員がグラスを掲げて叫んだ。

「サルー！　リッチーのいとこ、ジーノ！」

そして拍手。

チキン料理、ビーフ、魚、コーヒー。食べ過ぎで苦しくなって立ち上がると、ボスは庭を指差して言う。

「散歩でもしよう」

ボディガードのように男達が遠巻きについている。心配したトシはトーマス監督顧問を見やった。

「もしゴッドファーザー（名づけ親）が縁を切るときは、死のキスと言って、皆の前で両方の頬に接吻するんだ。お前の場合はそうじゃないから安心しろ」

トーマスはトシの耳元へ囁いた。広い公園ほどもある庭は、イタリアに行ったような気分にさせる。ゆっくり歩きながらボスは、ヒスパニックの奴らのことは分かるかと尋ねる。

「奴らは礼儀もなく、敵へ復讐するときはその家族全員まで殺す。わしらは家族や女子供には手を出さん」と、ボス。

「ターゲットをヒットせんとヒットマンにはならんだろう。命中率が悪く、まわりまで巻き込む

The Worst Case Scenario

アメリカで最悪の事態! 法の裁きは? ~その17~

*____ の上に自分や友人の名前を当てはめて考えてください

________ takes a walk everyday in the woods behind ________'s house. ________ believes that this land ________'s house. ________ believes that this land belongs to ________, though it is really Ray's land. Is ________ Guilty or Not Guilty of Trespass to Land?

________は________の家の裏にある森を毎日散歩する。________は、その土地は________の家と信じている。実際にはレイの土地であるが、________は、この土地が________に帰属すると信じている。________は土地侵入に対して有罪か、無罪か?

Verdict: Guilty. Trespass to Land is an international physical invasion. ________ intentionally entered Ray's land.

判決:有罪。土地侵入は、国際的に、物理的な侵害である。________は故意にレイの土地に踏み込んだことになる。

のは性能の問題だ。ヘルナンデスはコロンビアンとつき合い、麻薬を広め、世の中に俺の下でやっているという噂をまき散らしている。ヤツは悪い。分かるな、ジーノ」

家に戻ると、外のテーブルにケーキとコーヒー、強い食後酒が用意されていた。最後まではっきりした指示があったわけでもなく、トシはよく理解できないままでいた。

「また、会おう。分からんことは俺に聞け」

ボスはトシたちを送り出した。

「タント・グラッチェ」

トシは習いたてのイタリア語で挨拶し、帰路に着いた。

ずいぶん長いランチである。帰りの車の中でトーマス監督顧問は熱弁を吐いた。イタリアの文化ではオープンにするのが良いことで、隠すことは悪い。その歴史をローマ時代から延々と伝統のように引き継いでいるのだそうだ。それが芸術であり、文化を持たない卑劣な人種がそれを風俗というレベルに落としてしまう。

トーマスはカー・マニアのハンドルさばきで、ハドソン河沿いにニューヨークの反対側を走るリバーエッジという道を北上する。黒いキャデラックはボスから譲り受けたらしい。時々興奮すると、かけているオペラかなにかのボリュームを大きく上げる。

「これはオペラか？」と尋ねるトシ。

「カンツォーネと言ってくれ」

トーマスは冗談の切り返しのように笑ったあと、声を落して言った。

「ニュージャージーは彼らマフィアに誘拐、殺人させないように百年前の法律が生きている。だからニューヨーク側に来てから水泳をやるんだ。」

トーマスの言う水泳とは、別名〞水中花〟。両足をセメントで固めて川へ放り込むのである。

鈍いトシにも現在置かれた立場が理解できた気がした。つまり、もしもトシが刃向かったり裏切ったらどうなるか、紳士的な実体験で示したわけだ。

「メッセージを受け取ったか、ジーノ。心配するな。お前の骨は俺が拾ってやる」

そうでなければ、いつの間にかどこかへ消えてしまい、人間的な死に方からはずれるぞとでも言いたげだった。多分、彼らの言う〞胸に赤いバラの花を〟というのはもっと名誉あるつき合いなのだろう。弾丸が胸に入れば、葬式の時、お宮の中の顔がボスのいとこのジーノだと皆が判るという寸法になっているわけだ。なるほど、あまり嬉しい話ではないが、なにか理解できたような気持ちになったトシであった。

サイコロジスト

久しぶりにカラブッカス先生に会い、シャーミンの料理を口にして、中華料理はこんなに旨いものかとトシは感心した。時間のないシャーミンに会うため、チャイナタウンの工場を昼休みに訪ねたり、仕事が終わる頃の時間を狙って太極拳を習う。日々が過ぎ、少し変わったことと言えば、トシもあまり力まなくなり、動きにも考え方にも多少丸みが出てきたことだ。それはカラブッカス先生も認め、素直に喜んでくれた。

シャーミンは、まるで自分の子供が生きかえったように喜び、その素質を褒めたたえてくれる。

「奥義は、空手の突きとボクシングのパンチの違いを把握する事だ」と先生は主張した。

「私の太極拳の邪魔をしないで頂戴」とシャーミンがつっかかる。

少し前までは、ここからが中国映画のように互いの技の実演となり、近所からクレームが入っていた。道場と自宅を分けた理由がそれである。今はお互い歳もとったらしく、以前ほどの激しさはなくなったらしい。

The Worst Case Scenario

アメリカで最悪の事態！ 法の裁きは？ ~その 18~

*___ の上に自分や友人の名前を当てはめて考えてください

________ comes home and finds Joey smashing all of ________'s windows. ________ yells: "Stop!" But Joey ignores ________. ________ grabs a gun and yells: "Stop or I'll shoot!" Joey continues breaking windows, so ________ shoots him. Is ________ Guilty or Not Guilty of Battery?

________は帰宅し、ジョーイが________のウィンドウすべて強打しているのを見つけた。________は叫んだ:「やめてください!」しかし、ジョーイは________を無視した。________は銃をつかみ叫んだ:「やめてください。さもないと撃ちますよ！」ジョーイが窓を壊し続けたので、________は彼を撃った。________は、殴打に対して有罪か、無罪か?

Verdict: Guilty. There is no self-defense privilege to use deadly force when property alone is threatened.

判決：有罪。所有物のみが脅かされている場合、死をもいとわぬ力を使用する正当防衛の特権はない。

From the tribulation cards of the Judge'n July game. Judge'n Jury is a registered trademark of Winning Moves, Inc. Danvers, MA 01923. Used with permission.

「トシ。前にサンドバックを叩いたときは、空手の突きに全然パワーを感じなかった。ボクシングは体重がパンチに乗ってバックを揺らす。空手の場合は突き刺さるように、相手の体に楔を打ち込むんだ。だから力を抜いて、背骨を軸に弓を絞るように、引きと突きのバランスを取るようにする」

「あら。太極拳は繰り出した手の風でローソクの火を消すように、当たった外面よりその内側から破壊するようにバイブレーションを使うのよ。だから三年殺しという技があって、ゆっくり効いてくる」と、シャーミンは主張する。トシは頭がパンクしそうになり、逃げるように急いでベッドに入った。

その夜は何年かぶりに家族紛争になり、チーノが死んだと言われたときがぶり返したようであった。アパートの隣人たちは、こんなとき顔を合わせると危険だと知っている。それで、上と下の階の住人は文句を言うかわりに、各階の部屋をつないでいるスチーム・パイプを叩く。その金属音が両手で耳をふさぐトシの頭の中に突き刺さるようで、小さな頭脳を締めつけた。ひょっとしたら、これが自分のアタマの限界なのだろうか。一度にいろいろなものを食べた時のように食べ合わせが悪かったか？　消化不良か？　考えてみれば、日本にいたときは頭にゴミを詰めるように雑学を入れたものだった。それが気晴らしだった。その延長線上のバケーション、命の洗濯というつもりでアメリカに来た。

いい加減な生き方と興味半分が行き過ぎてたたったのか。精神的な圧迫が知らぬうちに体内を蝕んでいたのか。急に気持ちが悪くなり、トイレでせっかく食べた物を吐いた。

もう限界なのだろうか？　きっと考えすぎに違いない。今まで見聞きしたことには、日本にいたときのように間接的でなるべく関わらないように、できればロー・リスク、ハイ・リターンで行きたい…。

ふとホームシックになり、誰だったか外国人が、日本は人間関係だけでなく天候まで人に優しいと言ったことを思い出した。

「ああ、日本に帰りたいな〜。」

トシはそっと口に出して言ってみた。

ところが長い間日本語を使っていなかったせいか、言葉にならない。苦しみが増加した。きっと病気なんだ。精神異常かもしれない。そう言えば、日本人関係は皆集まって日系と呼び、韓国系、台湾系と一緒にいる。それは精神衛生上、必要なのかもしれない。アジア系の知り合いは今のところマイケルなので、ガキと思わずにつき合おう。チコ（血虎）・ギャングにいる俺の配下のシンとマークは親が犯罪にあってレイプの果てにできた黒人やリカンとの混血だし、自分を捨てた商社の親と日本を嫌ってひねくれているので駄目だ・・・。

考えるとますます目が冴え、眠れない夜が続いた。

長い夜は、トシをますます近視眼的にしたのかもしれない。反発はトシの心に安心を求めさせ、何かを求めていつのまにかエレンのアパートに転がり込ませた。

それにしてもガキのマイケルは、マセたことを言えば大人になったように力を示せると思っている。その知識と知恵は、妙に舞台裏を見るように事実に基づいている。彼のアパートで売春をやっている女やママサンの会話から聞き取ったものを土台にしているせいだろう。

「トシ先生。先生はイイ女を手に入れた」と、マイケルは言い回る。

アジアでは、金が掛かってみんなが競争するのは、金髪の女と相場が決まっている。皆に自分の力を見せるために、いい車、いい服、金の掛かりそうなオンナというのが常識で、別の理由はない。

「すごい物質主義だな」

「あたり前だよ」

飯が食えなくて精神云々は言えず。それがない奴が精神と言い、物があり余る奴ほど何にも言わない。

「先生も、今我慢してスターになって、金が余れば分かることだよ」とマイケルは言う。

金持ちになった経験があるわけもないので分からないが、それが一般人の夢であり、世間一般からすると、今、トシは羨ましがられる立場にいるらしい。映画のキャスティングの面々からは、個性がないとか線が細いとか、努力が足りない、惜しい、本当は主役クラスなのに脇役にしかなれない、などと意見される。それを聞き流し、どうも消極的な自分に苦笑しながら、トシは自分の判断がいつも誰かに依存していると思った。

それでも映画のビジネスは進む。必要経費が支払われ、役柄も決まり、契約の始めの支払いがあった。チェックと呼ばれる銀行小切手に五万ドルと書いてある。エレンはまるで自分がスターになったように喜んだ。トーマスの誘いでディナーに同伴し、そこまではよかったものの、どこかで狂いが生じ始めた。彼女はそこで知り合った男優とデートし、いつの間にかスター気取りとなり、いつしか自分も映画関係者になった。そしてトシも、自分のワイフ役の女優と恋仲を噂された。まるで悪夢が現実となり、その渦巻きがトシのすべての思考を奪い去って行くようだった。

トーマスはキリスト教の中でもカソリックなので、それなら教会へ行って神父さまに告白を聞いてもらえと勧める。しかし、マフィアはいつも懺悔しながらまた悪いことをするというマイケルの意見を聞いて戸惑ったトシ。それならばとユダヤ教のコンサルタントから教えてもらったやり方で、自分を守るためという映画関係の常識に基づいて弁護士に相談した。それではということになり、アメリカの常識に基づいて精神科医、サイコロジストという専門家の診断を受けることになった。

サイコロジストからは、ショックの後遺症であるトラウマによって起きる一時的現象であると診断された。あまりの緊張や興奮は避けるようにとも言われた。気持ちを和ませるには太極拳の練習は効果的だったが、役柄上ベッド・シーンがあり、全部脱ぐのになおさら抵抗を感じた。半分ではどうだというトシの意見は、プロに徹しろと一笑に伏される。マイケルに話すと、自分のお母さんも売春して生きてる、人生の一時の恥だ、という意見だった。

アメリカで生き残れる男には三つのタイプしかない。詐欺師か、体を売る奴か、ギャンブラーだ。これはトシの心を突いた。なるほど。それでも何か心の逃げを打ち、自分を正当化するための言いわけが欲しかった。マイケルに生活費を渡している手前、自分もママサンのような正義感で体を売るんだと思うことで、気持ちを落ち着かせた。

第二回目のサイコロジストの診断で、本当の答えが出たと弁護士も喜んだ。プライベートなことだが、映画の契約に重要だからと関係者に知らせることになった。

トシは生まれつきバイポーラで、つまり二重人格や三重人格、天才かキチガイかの紙一重ということらしい。映画俳優にはぴったりでかえって良かった、とまわりは言う。その無責任な判断がトシを困惑させた。これが現実なんだと思うと、自分で自分の人生がわからなくなってしまった。

いつの間にかエレンとの関係はマンネリ化したようで、結婚とか誰がどうとかいうことはなくなった。オンナたちはトシを特別な男だと抱きしめても何の反応もないので、フィッシュ・ブレーン（魚の脳みそ）とか、燃えない男、鉄の杭、硬く熱いが燃えない、となどと悪口らしいアダナを言っているようだ。彼女たちは始めは珍しがるが、会話が弾まないので飽きがくる。だいたいにおいて普通のアメリカ人とのつき合いを求めたり、ちやほやされたいオンナは、結局自分をおだててくれる男を探すことになるらしい。

トシは生活に疲れたように、エレンとの同棲をやめてブロンクスに戻った。すると驚いたことに多くのセニョリータの訪問を受けるのである。ヘタをすれば、セニョリータの相手の男と命を賭けた男の決闘にもなりかねない。しかし、そんな危険な状況を無視し、向こうへ押しやるように、次々と競争のようにやってくる。モテているのか、それともサカリのついた女たちの時期にはまったのか。シャワーに立っている間にかかってくる電話で、また映画の撮影の合間にデートの予約を受け、ふと売春とはこんな形なのかと、自分のなかに別の自分がいるような気持ちになった。これが精神科医のいうバイポーラなのかもしれない。トシの頭の中を得体の知れないものがブロンクスの風に乗って空気のようにすり抜けていくように思えた。

チャイナタウン

夏が過ぎ、秋となり、冬を越え、春となった。なにか人生の目的を見失ったように、トシはフラリと外に出た。成長したのか？

すると今度は自信が腹の底から湧いてきたような気になった。

「男は強くなければいけない。少なくともここブロンクスではそうだ。悪くなくてはいけない。それもそうだ。悪いのは強いことの象徴なのだ。そう、誰も入れないテリトリーだ。警察も、マフィアも」

まわりに流れるサルサの音楽に合わせて呟いた。今までなぜ気づかなかったのだろうか。交通標識もまともになり、落書きも行きつくところまで行ったのか割と芸術的になった。中には店に協力的な絵で、ＣＨＩＣＯとサインまで書いてあるものもある。

時代が変わった。思い起こせば、貰った五万ドルの小切手を破り捨て、格好良くマンハッタンからブロンクスに引き上げて、トシもだいぶ評判になった。横に並んで歩きだしたのはロベルトである。だんだんガキが集まってきた。いつか道幅いっぱいになり、ゴンザレスの手下もチコ（血虎）達も揃った。まわりのビルの窓が開き、チーノ、チーノ、と声援が聞こえる。女たちは花束を投げた。ガキどもはバンダナを振ったあと、それを首に巻いたり、頭に海賊巻きにかぶったりする。

ガキの一人がトシに耳打ちした。クルー達がブロンクスに進出した。日曜日の教会まで襲って神父さんを殴り、皆から税金だと金を奪い、町の店々から金も払わず品物を取り上げ、ここへ向かって攻めてくるというのだ。

トシはハッと自分の胸を押さえた。なんという事だ！　女に溺れている間に、世の中は変わったのか？　知らないところでガキ共は苦戦していたのか。

「チーノ、決闘だ。ヤツラを追い出せ」

「ブロンクスを守れ」

「決闘だ、聖戦だ！！」

皆は叫んだ。

そして、ボーッとしていたトシの気持ちをあざ笑うように、ラップの音楽にのってチンピラはやって来た。手に手に武器を振りかざし、大きなステレオ・ラジオを担ぎ、ボリュームを挙げて攻めてくる。その後ろにも怒りを込めた音楽が続く。車のトランクを開け、積んだスピーカーから吐き出されるのは騒音にも思える。口々にののしりと叫びを、そして主張を叩きつけるような炸裂音の言葉のリズムだ。黒い塊がネズミかゴキブリの群れのようになり、トシたちをその流れに呑み込むようにして進んでくる。

圧力を受けてトシはクラクラとめまいを感じ、立っていられぬ衝動に駆られた。ギラギラと感動もなく燃えるような目が距離を取って止まった。一瞬、何も聞こえなくなった。

激しく陽気なサルサの音楽がまわりのビルからトシたちを包むように響く。そのうねりの衝突が静寂を創る。トシとヘルナンデスの睨み合い。何か言おうとするのを聞こうと身を乗り出したトシは、突然、恐怖のため全身が震え、ひざがガクガクした。考えてみれば、実戦を体験するのは初めてだ。急に体の力が抜けていく。ヤバいと思ったその瞬間、何かがキラリと光り、トシは左のまつ毛に冷たいものを感じ、顔を四十五度に向けた。

トシは思わず膝を落とし、サンチン（三戦立ち）となった。左の手が何かを探して空しく空を掴み、次の瞬間、無意識に伸びた右パンチ、右正拳逆突きがヘルナンデスの胸のあたりをヒットした。

一瞬の出来事は電気のスパークのようで誰の目にもとまらず、ただ、ナイフを持った右手を

BTK
BTK
VIET
NAM
KILL

The Worst Case Scenario

アメリカで最悪の事態！ 法の裁きは？ ~その 19~

*____ の上に自分や友人の名前を当てはめて考えてください

Steve Willer threatened ________ with a fake gun. It looks real. It sounds real when cocked and it even accepts fake magazine cartridges. ________ pulls out a real gun, loaded with a real magazine cartridge and kills Steve. Is ________ Guilty or Not Guilty of Homicide?

スティーヴ・ウィラーはニセの銃で________を脅迫した。撃鉄を起こすとそれは本物に見え、ニセの弾倉をも入れることができる。________は本物の銃を引き抜き、実際の弾倉を装着し、スティーヴを殺した。________は殺人に対して有罪か、無罪か?

Verdict: Not Guilty. ________ acted in self-defense. ________ reasonably believed his life was in danger from Steve.

判決：無罪。________の正当防衛が作用する。________は、自分の命がスティーヴによって危険にさらされていると信ずるに足る

From the tribulation cards of the Judge'n July game. Judge'n Jury is a registered trademark of Winning Moves, Inc. Danvers, MA 01923. Used with permission.

大きく振り上げたヘルナンデスの動きを合図に、戦いは開始された。

双方激突の動きは、数発の銃声で静寂を呼んだ。誰かがその群れに発砲したのだ。

「ヒューン、ヒューン」

珍しくポリスカーが駆けつける。かなり目立つクルーの後を、ポリスがつけていたのだ。銃弾はマスを倒し、ロベルトは肩を押さえて逃亡する。それぞれが蜘蛛の子を散らすように去って行く。

しかし意外と大掛かりなポリスの実働部隊は、主にクルーのメンバーを大量に逮捕した。地元のギャングは傍のビルに駆け込み、残ったのはトシとヘルナンデス、そして地面に残るマスだけであった。警察に羽交い締めされて立っているトシとヘルナンデスは、いまだに睨み合っているように見えたが、ヘルナンデスは警察官の手の中で崩れ落ち、救急車を待たずして息を引き取ったのである。

何が起きたのかよく覚えていないトシは、警察署の尋問室でようやく我に帰った。

（ああ、なんてことになったんだ・・・・お父さん、すみません・・・・自分はついに前科者になった・・・・よく考えない失敗がしわ寄せになり、ひょっとしたらもう日本へ帰れない・・・・パスポートも取れなくなる・・・・）

以前訪ねた牢屋のヘスースを思い出す。マークが言ったことも思い出した。

「アメリカが強いというのは、オツムを使えることだ。学ぶというのは体験が生き、こんな牢屋に来ないことだ」と。

刑事の尋問が始まる。気が滅入っていて、英語が出てこない。しびれを切らした刑事は、「誰か、リカンを呼べ！」と叫んだ。スペイン語が必要だと勘違いしたらしい。

クルーのボスが殺されて全滅に近いという噂は、既にブロンクス中を風のように吹きまわった。遠くは牢屋にいるへスースの耳にまで届いた。もちろん、イタリアンの耳にも。ゴッドファーザーが散髪中に顔をあたってもらう際、興奮したため散髪屋のカミソリの手元が狂うほどだった。感動のニュースに、ボスはオペラのように怒り、笑い、泣いた。支配していたテリトリーで、コロンビアンのドラッグ・ディーラーがコントロールを犯していたが、その進出が一時的に止まったのである。

トーマスが弁護士を連れてトシを引き取りにきた。

警察はこの事件の深さを独特のカンで嗅ぎ分けていた。渦中でいちばん事情が把握できていないのはトシひとりだった。彼自身の心配がますます彼を自己中心的にさせ、通訳に来たリカンが英雄にまつり上げようとしても、トシにはそれが分からない。映画俳優だというトーマスの証言に頼って、さっさと逃げ出したのである。

警察は、拘留時間を延ばすためにラインナップを行った。証人が鏡の窓の向こう側から首実験して、その意見から容疑者を見分けるのだ。その際、ブロンクスの分署では持ち物すべてを一時保管する。今回捕まったクルーの中心メンバー八人とトシは列になり、警察官の号令で右を向き、左を向き、服のポケットをもう一度外に出す。後ろ向きになり、手を挙げ、指を振る。そして頭の毛の中に何も隠してないか、指で髪の毛を攫う。

「オーケー」

その後、部屋を出ると囚人服に着替え、顔写真に番号がつくマグショットを本格的に撮り、五本指の指紋と足紋すべてのフィンガー・プリントを取った。以前の犯罪と照らし合わせるのだ。

運良く列から外れたトシは、トーマスに感謝した。

「どっちみち全部脱ぐんだ。どこで脱ぐのかで違ってくる」とトーマスは耳打ちした。

「借りができた」

「いや、これも仕事のひとつだ」

トーマスの意外な答えにトシは疑問を感じつつ、急いでブロンクスを去った。

隠れる場所として最適なチャイナタウンは、まるで運命のようにトシを待っていた。シャーミンの口利きで、ウォン・ジップというコミュニティ・リーダーとして名高い男の事務所に隠れたのである。彼は麻薬反対運動をしており、阿片戦争でひとりイギリス軍に立ち向かった中国の英雄、林則徐将軍の銅像をチャイナタウンに建てようとしている。

その事務所は、まるで台風の目のように危険地区のど真ん中にあった。悪名高きドイヤー・ストリートがペル・ストリートと交差するあたりは肘を曲げたときのように道がL字型になっているので、俗に血のエルボーと呼ばれる。チャイニーズ・ギャングの抗争で、多いときは月に三十人もの被害者を出し、常に血が流れるのでこの名がついた。いわく付きの場所だ。

警察はもちろんトシをあきらめたわけではなかったが、伝説のチーノはまるでもともと存在しなかったように掴みどころがなかった。しかし、さすがにタフで有名なニューヨーク市警察、逃げても隠れそうな場所については大体見当がついている。ただ危なくて手が出せないのが現状であった。

プラトニック・ラブ

「レホタイ、ニーハオ」

女の子を見たら、キレイだね、コンニチワなどと陽気に声を掛けるのが、彼らの尊敬する文化の伝統である。イタリア人街は道を挟んで中国人街と隣り合っている。その道はキャナル・ストリートと呼ばれ、昔は実際に運河で、小さな船がベニスのように野菜市場や魚、肉の市場を行き来していた。その上に蓋をするように道ができ、今は中国系とイタリア系を分ける見えない境のようになっている。

中国人の女はひとりでは歩かない。深窓の令嬢よろしく両親が守っているのである。

この伝統を破ったのは、マリア喫茶をオープンした二十八歳の実業家であった。日本のデパートで若い女の子が働いているのを見てそれを取り入れ、店先に中国人の女のコをおいた。それが当たって今はホテルを持つまでになっている。しかしこれは例外で、一般的な話はこうだ。

キャナル・ストリートを超えたイタリア人街は中国ギャングの勢力が弱い。そこに店を出すことから始まり、続いて発生するのはプロテクション費用。つまり税金代わりのショバ代だ。そこへ、中国系グループが同胞の女の子に言い寄るイタリア系の男を襲い、それがギャングの抗争に発展する。その言いがかりで女の子の家族が白い目で見られ、家族経営のレストランは必要以上のショバ代を課せられて助けを求める。それが中国マフィア、イタリアン、警察汚職と、支払いの大小を巡って暗黒街の戦いへと発展する・・・。それゆえ常識では、中国人女性の恋愛は主にプラトニック・ラブを基調とし、お見合い形式か同族同士の結婚となる。

政略結婚か、あるいは秘められた恋か？　住宅事情もさることながら東洋式は声や音を立てず、うわさと人目を気にしつつ、禁欲思想をもとに交際する。若い世代はそういった交際を精神に反する行いであると勘違いし、彼らの家族離れは危険な火遊びに発展する。だから家族や同族社会のガイドなくして男女交際は成り立たない。

中国から見たアメリカは、セックス、スポーツ、スクリーンの３Ｓとなるらしい。そういう意識が文化の壁を作り、その壁の内側を守るため、悪霊・悪魔を驚かす爆竹やシンバルの騒音に乗り、今日も悪運を追い払う獅子舞が厄除けのお祭りをやる。その母体となっているカンフー・スクールが新しく移民してくる貧しい青年達を養い、ちょうど昔の日本のヤクザのように、一宿一飯の恩義に応えて相手のギャングを襲う。ドラゴン。カマキリ。シャオリン。モンキー。カンフー流派の中国思想と、死ぬときが壮絶であればあるほど死後は幸せになるという仏教の教え。これらの伝統が繰り広げる危険な抗争が、夜のチャイナタウンの路地裏で展開する。

キャナル・ストリートを東に向かい、遠くにマンハッタン・ブリッジを見る。左側はリトル・イタリーだ。夜の闇の中でストリートの装飾がきれいに浮かび上がり、観光客で賑わう。チャチャ、ルーナという看板が目を引き、ちょっと寄ってカプチーノでも飲んでいきたい気持ちにさせる。トシはそれらをやり過ごしてマーベリー・ストリートを抜け、用事を済ませようとモット・ストリートを右に曲がる。まるで突然香港の下町に入ったかと錯覚しそうな町並みを、もうすっかり中国人のように慣れた足取りで歩く。

バイヤード・ストリートを越えた辺りから、誰かにつけられていることに気がついた。すぐ傍に五分署という警察の分署がある。しかしその動きは刑事ではない。カンフーをやる足並みで五～六人いる。そこで一計を案じ、ペル・ストリートの角にある店で、知り合いの店員に話しかけた。自分が狙われていることをウォン氏に連絡してもらい、買い物客を装って外で座る小さな折りたたみの椅子を分けてもらう。そしてトシは急ぎ足で次の角を右に曲がって公園へ向かった。刺客はパラパラと後を追い、坂道を下る。

「キエーーーー」とブルース・リーの掛け声よろしく、跳び蹴りが二方向から襲ってきた。危うくかわしたトシに、オモチャの忍者の手裏剣などが意味もなくバラまかれ、トシは椅子を盾にこれを受けた。カチカチとバタフライ・ナイフやちいさな青竜刀のようなものまで使ってくる。まるで子供の遊びに巻きこまれたようだ。しかし、ウォン氏に注意を受けたように漢方薬の毒をつけたオモチャは非常に危険である。

そのとき、幸運にも角の葬式屋の車から数人の男が降りてきた。その中にいた女性がシューシューという息吹きとカンフーの動きで刺客を倒した。やっとバランスを取り戻したトシは、痩せた背の低い中国人の持つナイフめがけて右の回し蹴りを放った。と、下り坂のせいか目測が違い、それがこめかみの辺に当たった。痩せた男は朽木が倒れるようになり、その反動で横にいた男とともに道に転がった。

「チーノだ！」

誰かが叫ぶ。それを合図に、刺客は消えるように去った。

「人違いか」

ホッとするトシに、今度はさっきの葬式屋とそこにいた女性が話しかけてきた。

実はシャーミンが話していたのはこの人たちのことであった。陳家太極拳、白眉流を使う。

NEW YORK CHINA TOWN
LEE
RESTAURANT
HO
福州公司
RESTAU

The Worst Case Scenario

アメリカで最悪の事態！ 法の裁きは？ ~その20~

*＿＿ の上に自分や友人の名前を当てはめて考えてください

Bluto attacks ________ and cause ________'s leg to break. As Bluto leaves, ________throw a rock and hit Bluto in the head. Is ________ Guilty or Not Guilty of Battery?

ブルートは________を襲い、それは________が足を骨折する原因となった。ブルートが去るとき、________は石を投げ、それはブルートの頭にあたった。________は殴打に対して有罪か、無罪か?

Verdict: Guilty. Despite Bluto's Battery, once the danger of attack had passed, ________ should not have harmed Bluto.

判決：有罪。いったん襲撃の危険が過ぎてしまえば、ブルートの殴打は帳消しとなる。________ はブルートに危害を加えるべきではない。

From the tribulation cards of the Judge'n July game. Judge'n Jury is a registered trademark of Winning Moves, Inc. Danvers, MA 01923. Used with permission.

彼らは本当のチーノのボディガードたちだった。カラブッカス先生やシャーミンは、なるべくトシに会わせないようにしていたらしい。多分思い出に心が痛むからだろうとトシは想像した。

その女性はトシより上で三十代に見え、年齢から行くとチーノの活躍した時期がうかがわれる。女性は雪絵と日本名をきれいに発音した。特に台湾系の中国人はときどき日本名を持つらしい。しかし、カラブッカス先生の話にあった、日本軍中国滞在時代の影響や蒋介石の孫娘ではないか、などの噂は、トシには知る由もない世界の話だった。ましてやトシは、モットとキャナル・ストリートの交差点でときどき行われる日本軍南京大虐殺抗議の署名運動などにウォン・コングという偽名を使ってうまく逃げているのだ。中国人の事情にはまったく関わりたくないのが本音であった。しかし、雪絵の神秘的なカンフーの動きに、トシは知らず知らず引き込まれるような魅力を感じた。

その時、黒い影のように手に手に武器を持った一群がトシたちを遠巻きにした。福建省から来たチンピラだ。

「おい、仲間だ」

トシが彼らに向かって叫ぶ。ウォン氏が助けを送ったのだった。

それから数か月たったある日、久しぶりにトーマスから連絡が入った。

「ジーノ、だいぶカンフーの腕を挙げたらしいな。それについてボスから話がある」

あのあと、すっかり仲良しになったトシと雪絵は毎晩のように葬式屋の隣にある公園でカンフーの練習をしている。そこは毎朝、お年寄りが集まって健康のためにカンフー体操をするので、カンフー・パークとも呼ばれている。その話を聞きつけて、イタリアンは自分の敵に回るとまずいと思ったのか、あるいはチーノのボディガードとコネが固まったと見て、その力を利用しようと考えたのかもしれない。他の中国ギャングをつぶすために必要な武器となる勢力と思われてもおかしくなかった。

しかし、そのつき合いと練習はトシにとってまるでダンスのようだった。ときどき心臓がときめき、不思議な興奮を覚える。もしかしたら中国式の恋愛とは、こんな形で進むのかと思ったりもする。

それにしても、最近まわりの雰囲気が変だ。多分、噂が回り、チーノ復活の話がブロンクス中を風のように巡ったためだろう。それで警察の調べを防ぐために手を切ったはずのガキども、血

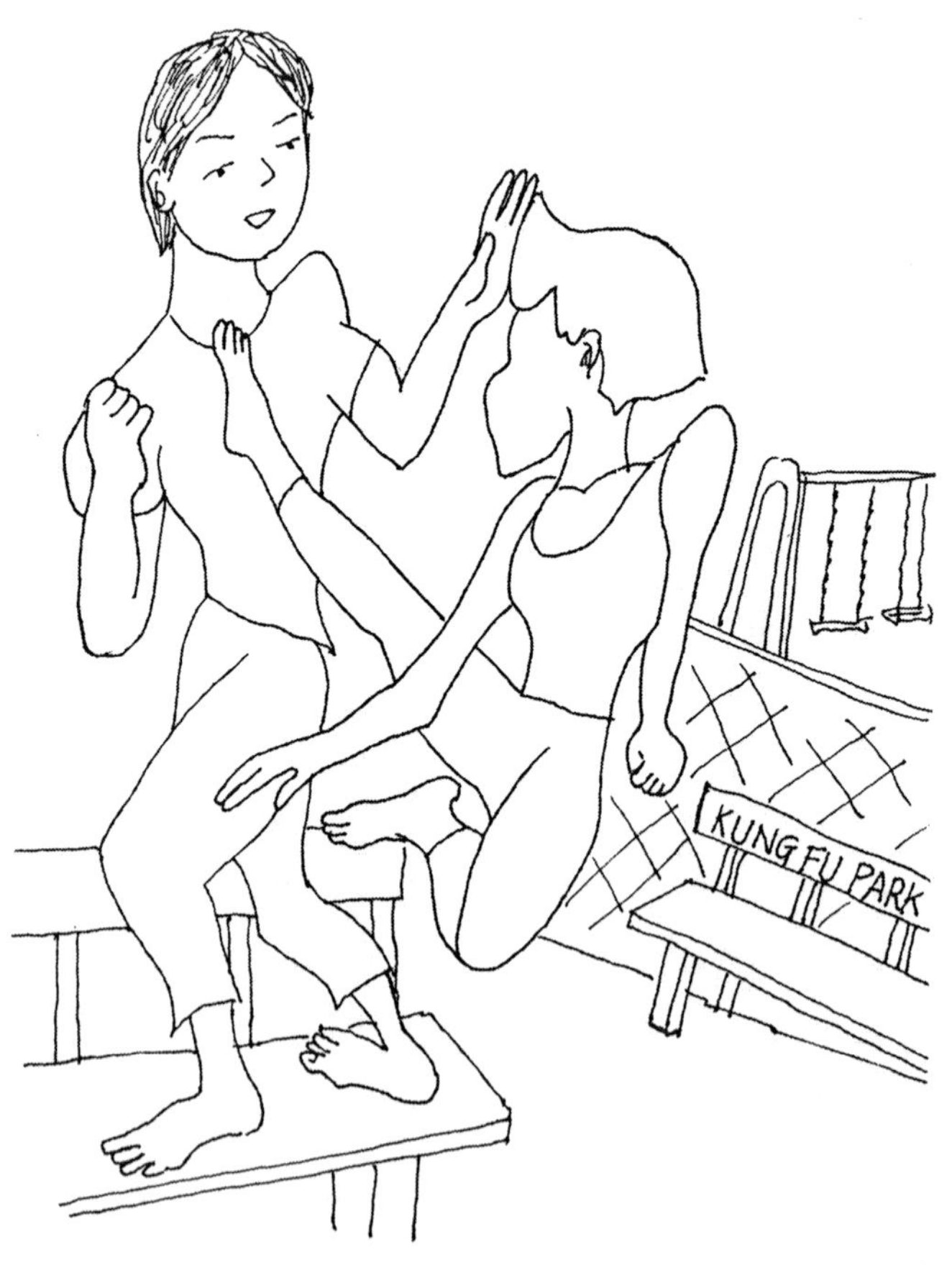
KUNG FU PARK

The Worst Case Scenario

アメリカで最悪の事態！ 法の裁きは？ ~その 21~

*＿＿ の上に自分や友人の名前を当てはめて考えてください

Vera, Franz's sister, is a hemophiliac (her cute doesn't clot up). When ________, her tutor, slaps and kicks Vera for forgetting her lessons. Franz is very upset, ______ knows that Franz and Vera are very close. Is ______ Guilty or Not Guilty of Inflicting Emotional Distress on Franz?

フランツの妹、ヴェラは血友病患者で、血が凝結しない。彼女の家庭教師、________ は、ヴェラが宿題を忘れたからと平手打ちをし、蹴った。フランツは非常に怒った。______は、フランツとヴェラが非常に近い関係であることは知っている。______は、フランツに感情的な苦痛を与えたことに対して罪があるか、ないか?

Verdict: Guilty. ________ should know that such callous behavior would have greatly upset Franz.

判決：有罪。________は、そのような無情な振る舞いが非常にフランツの気を動転させるであろうことを知っているべきである。

From the tribulation cards of the Judge'n July game. Judge'n Jury is a registered trademark of Winning Moves, Inc. Danvers, MA 01923. Used with permission.

虎までがチャイナタウンに現れる。それがホワイト・タイガー結成という悪い話にもなりつつある。このギャングは中国人、リカン、黒人といろんな人種が入った今までにないギャングである。カラブッカス先生まで、トシと雪絵が会うのを喜ばない。皆が反対すればなおさら、それは禁断の恋のようにトシをますます夢中にさせた。

「別に何も悪いことをしているわけではない」

トシはのめり込むようになり、むしろ雪絵の方が躊躇するようになった。

イタリアンがなんの用事だろうか？　また人殺しの依頼だろうか？　だから組織は嫌いだ。

「でも、借りがあるから……」と、トシはしぶしぶキャナルを超え、マーベリー・ストリートにあるカフェ・ローマでトーマスと落ちあった。その隣にあるレストラン・バーは主にマフィアの親分が多くやって来るところで、そこでボスと会った。ウォン氏の注意にあったように、なるべく壁を背にするような席を選ぶ。それからまずトイレに行き、その近くに奴らの子分がうろうろしていないかチェックする。

イタリアンは食事の後に始末するのが礼儀らしい。

「まあ、座れ」とボス。その割に機嫌がよさそうである。

「前にランチの招待を受けたあと、友達に聞いて、お菓子と花をお礼に送っておいたのが良かったのかな？」トシはトーマスにそう耳打ちした。

「それは違う。料理を誉め、またぜひ呼んでくれと言うんだ。もし子供がいたら、君のお母さんは世界一だと言え」

「おい、俺に秘密を作るな。コソコソ喋るな」とボス。

「ボス。この前の家庭料理は最高でした。今度また呼んでください」

トシは慌てて答えた。

「ジーノ、お前確かにイタリアに生まれていないんだろうな？　おい、聞いてくれ。こいつは俺のいとこ分だ！」

ボスはトシの首の後ろをつねり、店中に聞こえそうな声を上げた。そして身を乗り出すように強調した。

「中国人はやめろ。もっといい女はいる。ジーノ、分かるな。手を引け。マブい女を紹介してやるから」

「手なんか出していない」

「じゃあ、なんだ？」

「プラトニック・ラブと言えばいいのだろうか？」

考えながら、トシは言った。

「？？？プラ？？　なんだ、そいつは？」

それを聞いていた子分たちは声を揃えた。

「まあ、いいじゃないですか。ジーノはこれから俺達が見守りやすから」

レストランの親父までがボスをいたわる始末であった。

オオカミの挽歌

ブロンクス分署のマクノーリオ刑事は殺人課のベテランである。しかし今回の事件ほど理解に苦しむものはない。まず、これは多数の人間が絡んだ喧嘩である。それには動機として共通の殺人計画が明らかでないと困る。次に、凶器が見つからない。検死課からの報告は、こうだ。アメリカン・インディアンのマサカリのような武器に、布かゴムを巻いて殺人用に作った代物で激しく叩かれたため、胸が陥没し、そのショックによる心臓麻痺が原因……。また、その一番近くにいた男は国籍不明で、現在、本名と出生を調査中。それとギャング達の間で使われている俗名であるストリート・ネーム、チーノは、ＦＢＩの重要参考人であるが生死不明。これが同一人物かどうか。共に前科のファイルがないため、例え現存するカラブッカス・ジュニアの指紋を取ったところで犯罪は成立しない。

「オオカミ？　ハイエナ？　奴らの証言ほどアテにならないものはない。リカン同士でかばうのでファミリー全体をしょっ引くわけにも行かないし」と考え込むマクノーリオ。

やっと病院で回復したマスは、被弾した場所が心臓を外れていた。彼の証言によると、あの時チーノの右側にいたロベルトが撃たれ、群れ全体が右うずまきとなった。自分はチーノの左側にいて、チーノの右うしろにいた男にやられた、と言う。

それにしても状況判断ができない。新しい糸口としては、今も入獄しているヘスースが何か知っているという。罪を軽くしてやる条件で聞き出せるかも知れないと、刑事たちはFBIの許可を取り、プリズンへ向かった。ところがどうだ、その期待はあっ気なく崩れた。なんとヘスースは獄中死していたのだ。自殺？　そんなはずがない。あれほど死を恐れていた男が。薬物死か、麻薬か？　しかし、どうしてそんなに大量の？　疑問が謎を呼ぶ。

壁に、〝ざまーみろ〟とか〝スパニッシュ独立万歳〟〝ブロンクスの風〟などの落書きを残し、ヘスースはこの世を去った。最後に自分のいちばん好きな白いTシャツを着ていた。イエス・キリストがいばらの冠をかぶり、苦しげな表情をしている顔が大きく描かれているTシャツだった。その死顔は意外に苦しみもなく、何かから開放されたように穏やかであった。

また壁にぶつかってしまった。残る捜査はひとつだけ。チーノの女を見つけることだ。

その女、雪絵は、ゴンザレスの女ミルダとその妹シンディから今しがたヘスースの死を聞き、ジョージとカラブッカス先生の戦友シスコらと共に打ち合わせをしていた。現在、ケイドウ・ヌンチャクを支える最後のメンバー達である。

チーノ亡きあと約五年間。そんなに大きな殺し合いもなく、ギャングの抗争はバランスを取ってきた。しかし今、チーノ、ヘスースを失い、ゴンザレスはヤク中で無力。時代は変わろうとしている。チーノの仇は死んだ。警察は今、夢中でその犯人を追っている。同時にコロンビアンの麻薬ギャングも復讐しようとしている。イタリアンもこの機会に勢力拡大を考えている。チャイニーズ・ギャングも新勢力拡大のため、チーノ伝説を利用しようとしている。このまま行くとまた大きな抗争になる。

そこでケイドウ・ヌンチャクは解散し、正式にチーノの葬式を挙げよう。そして雪絵はチーノの遺骨を持って台湾に帰ることにしたのである。

「さようなら、ニューヨーク。さようなら、トシ。さようなら、私の愛したオオカミ達。私は国に帰り、みんなはブロンクスの各地に散って生きる」

中国式の葬式は大きな部屋に皆で集まる。真中に大きな壺があり、そこで死者の思い出の品を燃やす。関係者は煙のためか、それとも悲しみのためか涙を流す。本当にだいぶ煙い。トシもこれが自分の葬式なのかと自然に涙が流れる。

これでトシはチーノを卒業し、また雪絵の太極拳も卒業した。外には霊柩車と共に花輪が並ぶ。ブラスバンドが音楽を流し、大々的にやるようだ。トシはお官の中にそっと隠れた。その車に雪絵は遺骨を抱えて皆から見えないように乗り込み、関係者の車二台が前に、霊柩車と花輪の車そして親戚の車二台が列となり、ヘッドライトをつけてマーベリー・ストリートを行進した。警察もこれを見守り、法律もすべてがこれを見守り、死んだ仏に尊敬の念を示す。生前どんなに嫌われた人物でも、一応、この一瞬だけは皆、その歴史の区切りとして認めるときであろう。

チーノはこうして、ブロンクスのはずれから皆の注目の的となり、ギャング達のヒーローとしてその記憶に刻まれた。特にこれを組織したウォン氏は、チーノが麻薬と闘った伝説の英雄、林則徐運動に参列したと高い評価を与えた。カラブッカス先生たちも、今後、犯罪防止と麻薬対策に人生を投げ打つと約束した。葬式が違った意味の行進となった。

ところが車の列がチャイナタウンの境界線を越えるとき、見に来ていたギャングが他のギャングと押し合ったところから、突然激しい抗争が始まった。縁起を担いだ中国ギャングが叫んだ。

「チーノの奴、死んでも俺たちをコントロールするつもりか！」

そして見物人に向かって発砲した。リカン達も負けずに叫ぶ。

「チーノは不死身だ！」

すると、ドミニカンやコロンビアンと思われるギャングが、悲鳴をあげながら霊柩車に向かって発砲した・・・。

多くの死傷者を出して抗争は終わりを告げた。そして、百八人という近年にない検挙数を挙げてこの事件はおさまった。

雪絵は台湾に帰ることなく、遺骨を抱えたまま息が絶えた。

病院で目を覚ましたトシは、長い夢でも見ていたかのように、思い出が頭の中でグルグルと行き交う。

「ヘイ、目が覚めたかい」

マークとジムが立ち寄った。

「カラブッカス先生が、きみのお父さんと話したらしい」

そしてトシのパスポートや退院用の荷物を持ってきてくれた。

自分はどのくらいここにいたのかと尋ねるトシに、ジムが答える。

忌

The Worst Case Scenario

アメリカで最悪の事態！ 法の裁きは？ ~その 22~

*____ の上に自分や友人の名前を当てはめて考えてください

________ has a summer home on the state line. One day, while holding a shotgun, ________ fired at and killed a mailman across the state line. Is ________ Guilty or Not Guilty of Homicide in both states?

________は州境に夏の別荘を持っている。ある日、ショットガンを抱えている間、________は発砲し、そして州境を横切って郵便配達人を殺した。________は殺人に対して両方の州で有罪か無罪か?

Verdict: Guilty. ________ shot the gun in one state and it killed mailman in the other state.

判決：有罪。________は 1 つの州で銃を撃ち、そしてもう一つの州で郵便配達人を殺した。

From the tribulation cards of the Judge'n July game. Judge'n Jury is a registered trademark of Winning Moves, Inc. Danvers, MA 01923. Used with permission.

ROOM
15

The Worst Case Scenario

アメリカで最悪の事態！ 法の裁きは？ ~その23~

*___ の上に自分や友人の名前を当てはめて考えてください

Buster is poisoned by ________ but not fatally. While in the hospital, Buster is negligently administered the wrong antidote and dies. Is ________ Guilty or Not Guilty of Murder?

バスターは________によって毒をもられたが、致命的ではなかった。病院にいる間、バスターはわざわざ間違った処方を処理され、死んだ。________は殺人に対して有罪か、無罪か?

Verdict: Guilty. The hospitals negligent of Buster was a foreseeable risk, therefore ________ is Guilty.

判決：有罪。バスターに対して病院が無頓着に行った事は、予測できるリスクだった。従って、________は有罪である。

From the tribulation cards of the Judge'n July game. Judge'n Jury is a registered trademark of Winning Moves, Inc. Danvers, MA 01923. Used with permission.

「忘れるくらいだ。心配するな。そんな長くないが、昨日と今日は、違う君が俺達と話している」その後ろで看護婦のような人が、なにか可哀想なものでも見るような目でトシを見やる。「じゃ、また会おう」とジムは出て行った。

「さあ、退院しようぜ」

マークはトシを起こす。気がつくと足が動かない。右側に被弾したらしい。やっと服を着て、松葉杖で外に出た。

マークのスポーツカーはガタガタに傷んでいる。

「頭の病院へ移るところだ」とマーク。

「体は比較的元気だ。でも頭が問題だ。わかるか？」立て続けに話す。

「薬は嫌いだ」とトシ。

マークはトシの頭をゴツンとたたき、乱暴に車に乗せると、高笑いした。

「サンキュウ、ママサン、パパサン！」

そして手のひらに隠し持っていた錠剤を病院の建物に投げつけ、車を走らせた。

「カラブッカスお養父さんが、さよならと言ってたぜ」

マークの話が切れ切れに頭に入ってくる。

「警察は、罪は病院で果たせと言っている」

「日本では、君の親父が病院へ連れて行くのか？」

「それともアメリカの裁判では、正当防衛か過失致死か」

「トーマスの弁護士は君が病気だと言っている。それで頭の病院へ行くんだ」

黙っているトシに、マークは笑った。

「すぐには、決まらん」

トシの頭がついて行けないところで、なにかが起きている。事件は解決に向かい、トシもその審判を受けるときが来たようだ。

「どこへ行くんだ？」

「きみが日本へ帰るため、今、ニュージャージーの空港へ向かっている」

マークがトシに聞く。

「お父さんに会いたいか？」

まだ会いたくないと答えると、お前はいい奴だからカラブッカスが気にしていると話した。

「マフィアとヤクザのつながりはどうだ？　日本の警察とアメリカの警察はどうなんだ？」

トシが黙っていると、マークはさらに質問を続けた。

「アメリカの病院と日本の病院の連絡はどうだ？　何にも知らんのか？　お前の頭はどうだ？　トラウマを治さないといかん。昨日、お前に花を持ってきた中国人が入口で銃を抜いたんで捕まったが、あれはお前の友達か？　それも知らんのか・・・。おい、これをやる」

マークはお守りだと言ってイーグル（白頭鷲）の羽根をトシの胸のポケットにさした。そのとき見えたマークの腕には刺青があり、鷲とその下にキャーレンと名前が読めた。

車は途中、アイリッシュ・バーに停まり、ビールを持った女が乗ってきた。トシはキャーレンとは多分この子の名前かと思って聞いてみた。

「病気と聞いたけど、私の名前を知っているなんて。サイキックなのね」と、キャーレンは言った。

車は既に空港を過ぎ、広いハイウェイを走っていた。すごいスピードで、トシにはパノラマになった大自然の景色の中に吸い込まれて行くように思えた。

「イエローストーン・パークというのを聞いたことあるか？」とマーク。

「自然公園で、オオカミがいるのよ」とキャーレン。

トシは、久しぶりにビールを飲んで少し眠ったのか、耳に当たる風の音に乗ってオオカミたち

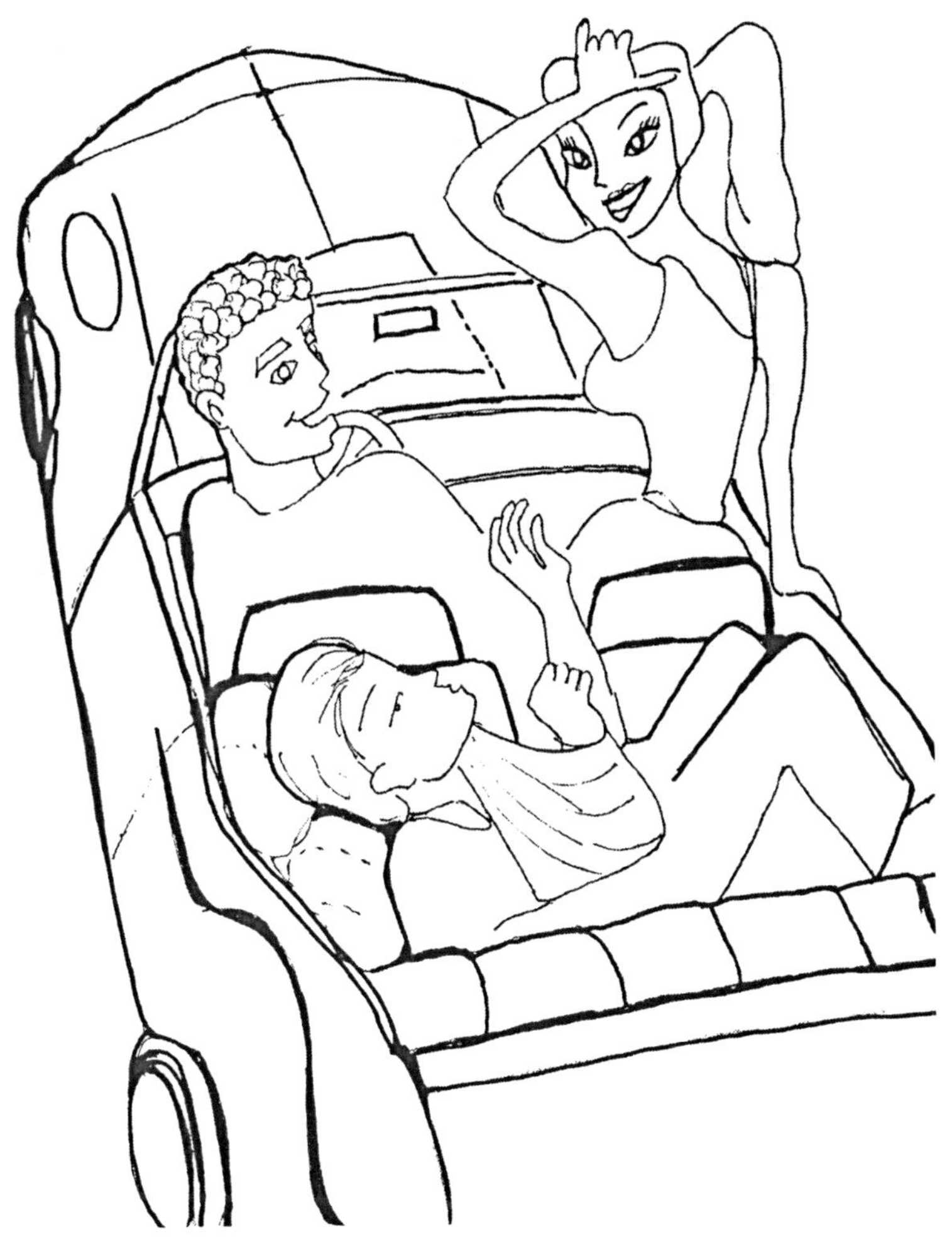

The Worst Case Scenario

アメリカで最悪の事態! 法の裁きは? ~その 24~

*____ の上に自分や友人の名前を当てはめて考えてください

________ stabs Louie, who is then hospitalized. Louie lingers near death two years before dying. Would ________ be Guilty or Not Guilty of Homicide in most states?

________はルイを刺し、ルイはその後、入院した。ルイは死ぬまで 2 年間、生死の境をさまよった。________は殺人に対して、ほとんどの州で有罪か、無罪か?

Verdict: Not Guilty. In most states, a victim must die within a year and a day of the attack for the assailant to be found guilty.

判決:無罪。ほとんどの州で、被害者が狙撃されて1年以内に死んだ場合において、有罪であると判決される。

From the tribulation cards of the Judge'n July game. Judge'n Jury is a registered trademark of Winning Moves, Inc. Danvers, MA 01923. Used with permission.

The Worst Case Scenario

アメリカで最悪の事態! 法の裁きは? ~その25~

*____ の上に自分や友人の名前を当てはめて考えてください

________ noticed that Cecilia's dog was rabid. ________ knowingly ignored the large No Trespassing sign visible outside of Cecilia's dog. Is ________ Guilty or Not Guilty of Trespass and Disturbing the Peace?

________は、セシリアの犬が強暴だと分かっていた。________はセシリアの犬によく見えるようにつけられている侵入禁止の大きなサインを、故意に無視した。________は侵入と平穏な生活の妨害に対して、有罪か、無罪か?

Verdict: Not Guilty. ________ was acting for the public good.

判決:無罪。________ は公共的に良いとされる行為をとった。

From the tribulation cards of the Judge'n July game. Judge'n Jury is a registered trademark of Winning Moves, Inc. Danvers, MA 01923. Used with permission.

の遠吠えが聞こえたような気がした。

「お前って、まったく木偶の坊みたいに性懲りもない。世の中の流れの真中に何も知らず立っているな」と笑いながらマークが言う。

「それって、日本ではあじろ木と言って川のゴミをそこで止めるためにあるやつだろ？」トシは日本の田舎のほんわりした風を思い起こしながら答えた。

「あじろ・・・？」

マークは何のことか理解できず、繰り返し口の中でつぶやく。そして、幅寄せして車を止めた。だいぶ田舎だ。ハイウェイのランプの向こう側に、給油する予定のガソリンスタンドが見えた。その近くに壊れた橋の跡が、川の中に杭のように立っている。そこに泊まっている鳥を彼は指差した。風に身を振るわせ、その鳥はどこかへ飛び去った。

トシは思う。ここに吹く風もブロンクスに吹く風も、チャイナタウンに吹く風も、皆同じだろうか？　その風はチーノや雪絵の魂をどこかへ運んで行くのだろうか、と。ふと、〝スキヤキ〟のメロディーが頭をよぎり、その風の上に空があるんだ、と上を向いてつぶやいた。

さっき飛び去った鳥が、頭の上で鋭い叫びを上げた。

「インディアンは鳥が魂を運んで行くと信じている。トシ、お前の中にも同じ血が流れているん

The Worst Case Scenario

アメリカで最悪の事態！ 法の裁きは？ ~その26~

*____ の上に自分や友人の名前を当てはめて考えてください

Bobby murders Daphne and runs home to ________, Bobby's spouse. While Bobby is there, ________ packs Bobby's bags and puts Bobby on a bus for another state. Is ________ Guilty or Not Guilty of being an Accessory After the Fact?

ボビーはダフニを殺害し、ボビーの配偶者、________の家へ逃げた。ボビーがそこにいる間、________はボビーの荷造りをし、他州行きのバスにボビーを乗せた。________は、事件後の従犯人として、有罪か無罪か？

Verdict: Not Guilty. There is an exception for a spouse to aid the other spouse since coercion is presumed.

判決：無罪。強制的な援助が推定されるので、配偶者が自分の配偶者を援助するという例外があてはまる。

From the tribulation cards of the Judge'n July game. Judge'n Jury is a registered trademark of Winning Moves, Inc. Danvers, MA 01923. Used with permission.

だ」

マークはそう言うと続けた。

「男は都会で失った自分を荒野へ捜しに行くんだ」

「風に乗ってか」

「そう、風に乗ってだ」

トシ達が去ったあと、ニューヨークが突然変わったわけではない。もちろんギャングが消えてなくなったわけでもない。だが数年を経た今、麻薬に反対した林則徐将軍の銅像が、その後、危険地区となったイースト・ブロードウェイを睨むようにして立っている。

あとがきに代えて

この物語は、Based on a true story 事実をもとにした小説である。

パスポートを失くしたがために、ニューヨーク市警察と移民局から追われ続けたトシであったが、最後に、宿敵アラン村上こと村上英介の死によって解放された。アラン村上は『イージー・ターゲット』の著者であり、家田荘子の著作『イエロー・キャブ』に協力し、ニューヨーク市警察アジア諮問委員会代表として、日本人に睨みをきかせていた人物であった。前作『パスポート』では、利村という名で登場する実在の人物である。相談役として名高い利村（アラン村上）は、トシからパスポート紛失届けを領事館に出す相談を受け、そのときからトシをブラックリストに登録した。ああ無常、彼はジャン・バルジャンを追う刑事にも似た警察側の追跡者として、陰からトシを追い続けた男であった。彼の死により、トシはその名前を継承し、トシ村上という主人公になった。

Police Department City of New York
Asian American Advisory Council

Eisuke Murakami
Council Committee Co-Chairman

Suite 415
551 Fifth Avenue
New York, N.Y. 10017
(212) 687-5948

Police Department City of New York
Asian American Advisory Council

Alan E. Murakami
Executive Director

P.O. Box 6450 F.D.R. Station
New York, N.Y. 10150-1903
212-687-5948

Japanese Affairs Council

Alan E. Murakami
VICE PRESIDENT

551 FIFTH AVENUE • SUITE 415
NEW YORK, N.Y. 10176 • U.S.A.
TEL: 212-687-5948 FAX: 212-983-1769

Japenese Affairs Council
Nihon Hyogikai, NYPD
Alan E. Murakami
VICE PRESIDENT

551 FIFTH AVENUE • SUITE 415
NEW YORK, N.Y 10176 • U.S.A.
TEL: 212-687-5948 FAX: 212-983-1769

ジョナサン・マーシュの他の作品：

「パスポート」 中西出版株式会社

http://nakanishi-shuppan.co.jp/ippan/89115-110-2.html

owl@nakanishi-shuppan.co.jp

「キッズ・スタッフ　ー連続射殺犯を追え！」 講談社

http://shop.kodansha.jp/bc2_bc/search_view.jsp?b=2122154

「キッズ・スタッフ 2　ー消えゆく影の怪人」 講談社

http://shop.kodansha.jp/bc2_bc/search_view.jsp?b=2123517

ブロンクスの風 ～パスポート II～

発　行　　2006年7月31日

著　者　　ジョナサン・マーシュ

訳　者　　水田浩とそのグループ

発行所　　ブックサージLLC（アマゾン・ドットコム・カンパニー）

ISBN: 1-4196-4402-5

To order additional copies, please contact us.

BookSurge, LLC　　www.booksurge.com

1-866-308-6235　　orders@booksurge.com